La collection
RÉVERBÉRATION
est dirigée par
Gaëtan Lévesque

Dans la même collection

Aude, *Éclats de lieux*, nouvelles.
Renald Bérubé, *Les caprices du sport*, roman fragmenté.
France Boisvert, *Vies parallèles*, nouvelles.
Mario Boivin, *L'interrogatoire Pilate*, fiction historique.
John Calabro, *Le cousin*, novella, traduit de l'anglais par Hélène Rioux.
André Carrier, *Rue Saint-Olivier*, roman.
Daniel Castillo Durante, *Le silence obscène des miroirs*, roman.
Hugues Corriveau, *De vieilles dames et autres histoires*, nouvelles.
Esther Croft, *L'ombre d'un doute*, nouvelles.
Esther Croft, *Les rendez-vous manqués*, nouvelles.
Jean-Paul Daoust, *Sand Bar*, récits.
Danielle Dussault, *La partition de Suzanne*, roman.
Francisca Gagnon, *Les chercheurs d'aube*, nouvelles.
Pierre-Louis Gagnon, *Le testament de Maïakovski*, roman.
Louis-Philippe Hébert, *La Cadillac du docteur Watson*, roman.
Louis-Philippe Hébert, *Celle d'avant, celle d'après*, roman.
Fernand J. Hould, *Les cavaleurs*, nouvelles.
Pierre Karch, *Nuages*, contes et nouvelles.
Sergio Kokis, *Amerika*, roman.
Sergio Kokis, *Clandestino*, roman.
Sergio Kokis, *Culs-de-sac*, nouvelles.
Sergio Kokis, *Dissimulations*, nouvelles.
Sergio Kokis, *Makarius*, roman.
Henri Lamoureux, *La Mariée des montagnes Vertes*, roman.
Henri Lamoureux, *Orages d'automne*, roman.
Guillaume Lapierre-Desnoyers, *Pour ne pas mourir ce soir*, roman.
Andrée Laurier, *Avant les sables*, novella.
Andrée Laurier, *Le Romanef*, roman.
Stéphane Ledien, *Bleu tout-puissant*, roman.
Stéphane Ledien, *Un Parisien au pays des pingouins*, récits.
Marcel Moussette, *La photo de famille*, roman.
Christine O'Doherty, *Le pont de l'Île*, roman.
Hélène Rioux, *L'amour des hommes*, roman.
Maurice Soudeyns, *Qu'est-ce que c'est que ce bordel !*, dialogues.
André Thibault, *Sentiers non balisés*, roman.
Nicolas Tremblay, *L'esprit en boîte*, nouvelles.
Nicolas Tremblay, *L'invention de Louis*, anticipation.
Nicolas Tremblay, *Une estafette chez Artaud*, autogenèse littéraire.
Gisèle Villeneuve, *Outsiders*, nouvelles.
Claude-Emmanuelle Yance, *Cages*, nouvelles.
Claude-Emmanuelle Yance, *La mort est un coucher de soleil*, roman.

La contagion du réel

DU MÊME AUTEUR

Nouvelles

Le surveillant, Montréal, Quinze, 1982; Montréal, Leméac, coll. «Poche/Québec», 1986; Montréal, Leméac, coll. «BQ», préface de Jean-Pierre Boucher, 1995; Montréal, Leméac, coll. «BQ», 2013 (Prix Adrienne-Choquette 1981; finaliste Prix du Gouverneur général du Conseil des arts du Canada 1982; Prix France-Québec 1983).

Ce qui nous tient, Montréal, Leméac, 1988 (Prix littéraire de Trois-Rivières 1989; finaliste Bourse Goncourt de la nouvelle 1989).

Épreuves, Montréal, Leméac, coll. «Des bonheurs-du-jour», 1999.

La vie de biais, Montréal, Trait d'Union, coll. «Script», 2002; Montréal, Leméac, coll. «BQ», 2008.

Roman

L'emprise, Montréal, L'Homme, 1979; Montréal, Club Québec-Loisirs, 1980; Montréal, Leméac, coll. «Poche/Québec», 1988; Montréal, Leméac, coll. «BQ», 2007 (Prix Robert-Cliche 1979).

THÉÂTRE

Le client, Carnières (Belgique), Lansman, 2001 (Premier prix XIe Concours dramatique radiophonique de Radio-Canada 1983; sélection aux Journées de Lyon des auteurs de théâtre; création La Patience, Festival d'Avignon 2001).

ESSAIS

L'univers de Jean Paul Lemieux, préface d'Anne Hébert, Montréal, Fides, 1996.

Les cahiers de Limentinus. Lectures fin de siècle, Montréal, XYZ, coll. «Documents», 1998; Amazon, «Kindle», 2014.

Œuvres de chair. Figures du discours érotique, Québec/Paris, Presses de l'Université Laval/L'Harmattan, 1998 (finaliste prix Victor-Barbeau, Académie des lettres du Québec).

La chambre des lucidités, Notre-Dame-des-Neiges, Éditions Trois-Pistoles, coll. «Écrire», 2003.

Encyclopedia of Erotic Literature, codirecteur avec John Phillips, New York/Londres, Routledge, 2 vol., 2006.

La nouvelle québécoise, Montréal, HMH, coll. «Cahiers du Québec», 2010.

Gaëtan Brulotte

La contagion du réel

nouvelles

Lévesque éditeur

RÉVERBÉRATION

Catalogage avant publication
de Bibliothèque et Archives nationales du Québec et Bibliothèque et Archives Canada

Brulotte, Gaëtan
La contagion du réel : nouvelles
(Réverbération)
ISBN 978-2-924186-44-2
I. Titre. II. Collection : Réverbération.
PS8553.R825C66 2014 C843'.54 C2014-940187-6
PS9553.R825C66 2014

Lévesque éditeur remercie le Conseil des arts du Canada (CAC)
et la Société de développement des entreprises culturelles du Québec (SODEC)
de leur soutien financier.

Lévesque éditeur
11860, rue Guertin
Montréal (Québec) H4J 1V6
Téléphone : 514.523.77.72
Télécopieur : 514.523.77.33
Courriel : info@levesqueediteur.com
Site Internet : www.levesqueediteur.com

Dépôt légal : 1er trimestre 2014
Bibliothèque et Archives Canada
Bibliothèque et Archives nationales du Québec
ISBN 978-2-924186-44-2 (édition papier)
ISBN 978-2-924186-45-9 (édition numérique)

Distribution au Canada
Dimedia inc.
539, boul. Lebeau
Saint-Laurent (Québec) H4N 1S2
Téléphone : 514.336.39.41
Télécopieur : 514.331.39.16
www.dimedia.qc.ca
general@dimedia.qc.ca

Distribution en Europe
Librairie du Québec
30, rue Gay-Lussac
75005 Paris
Téléphone : 01.43.54.49.02
Télécopieur : 01.43.54.39.15
www.librairieduquebec.fr
libraires@librairieduquebec.fr

Production : Jacques Richer
Conception graphique et mise en pages : Édiscript enr.
Illustration de la couverture : Humberto Pinochet, *Barcellona*, acrylique sur toile, 2012, 56 × 71 cm, collection privée
Photographie de l'auteur : Oscar Chavez
Site Internet de l'auteur : http://www.gbrulotte.com

La cimenterie

C'est un récit de douleur qui commence dans la poussière et la rumeur. À la pause, des camarades de la cimenterie blaguèrent devant Paul à propos de sa compagne, Summer. Ils voulaient juste le taquiner, mais au fond, ils l'enviaient d'avoir une si belle femme, lui qui pourtant n'était pas particulièrement plaisant à regarder avec sa taille courte, son cou épais, son crâne dégarni et ses favoris fournis qui lui conféraient la tête d'un lion et semblaient compenser sa calvitie. Son accoutrement quotidien, un blouson de cuir usé, taché de béton et de plâtre, n'avait rien d'élégant. Ses bottines de travail robustes, jaunes, à trente-six œillets et à semelles épaisses, ne rachetaient pas son apparence, ni la large ceinture cloutée de son jeans qui contribuait à le rapetisser en coupant son corps en deux. Sa personnalité mal bâtie trahissait, en outre, une humilité servile. À deux reprises à l'heure du midi, l'un de ses confrères avait vu une rutilante décapotable sport devant la maison de banlieue du couple. À deux reprises, oui, et il insinuait que… « Eh bien, Paul ouvre les yeux, voyons ! Ça tombe sous le sens. Elle ne s'ennuie pas ta petite dame, en ton absence. »

Tout d'un coup, la porte de l'enfer venait de s'entrebâiller en lui.

Il n'allait plus travailler l'âme en paix, ne regardait plus son épouse avec les mêmes yeux, ne percevait plus le quotidien avec son habituelle sérénité. Tout devint suspect. Il se transforma en détective. Il se mit à observer partout dans la maison des indices, là où il n'y avait auparavant pour lui que des images de bonheur tranquille. Il gagna l'orbite des hypothèses. Il en arriva à maudire la beauté de sa compagne et à détester sa nouvelle lingerie en dentelle aguichante, son savon à l'eucalyptus, sa crème au jasmin, ses bains moussants à la bergamote, son parfum à l'amande et au camélia dont les nuées enveloppaient son corps d'une soie liquide, ses vernis écarlates qui prolongeaient ses fines extrémités en doigts de lumière. Tous ces petits soins dont elle s'entourait et qui l'avaient toujours attendri lui semblaient maintenant cacher quelque anguille sous roche. Les huiles essentielles dont elle se servait depuis quelque temps pour sa toilette ne dégageaient plus que des remugles de souffrance et ses visites chez le coiffeur lui paraissaient désormais un peu trop fréquentes pour ne pas être louches. Il n'osait questionner Summer de peur de la troubler et de la blesser. Mais l'envie de vérifier la rumeur ne parvenait pas à mourir en lui. Au retour du travail, il exerçait discrètement son nez à détecter tout parfum étranger dans la maison ou sur la peau de sa femme. En se changeant, il inventoriait la chambre des yeux pour repérer si un objet dénonciateur ne pouvait y traîner. Il marqua ses carafes d'alcool pour évaluer que le niveau n'en baissait pas et tint un compte serré de ses bouteilles de vin. Il fouinait dans le réfrigérateur à la recherche de restes incriminables, ce qui le poussait à s'intéresser soudain avec passion à ce que Summer avait pris pour dîner et à la mitrailler de questions en apparence innocentes. Elle lui répondait avec un peu d'étonnement, mais sans rougir et sans détourner les yeux. Un dimanche soir, il la surprit en train de repasser un chemisier chic qu'elle avait envie de porter le lendemain sans raison particulière, ce qu'il estima hautement insolite. Tendus à l'extrême, ses sens acquéraient une acuité inhabituelle et il arrivait à percevoir ce qu'il ne voyait pas auparavant. Il découvrit dans le placard une robe de soirée qu'il ne lui connaissait pas, mais peut-être avait-il mal observé. Il dénicha une bombe de mousse à raser pour homme sous le lavabo de la salle de bains et ramassa un magazine sportif sous le lit, mais peut-être était-ce à lui. Il se perdait en conjectures, tout devenait confus dans son esprit. Son imagination devait en rajouter. Il s'abaissa jusqu'à fouiller dans les poubelles en quête de signes indicateurs, de préservatifs ou de mots doux, ou à surveiller le courrier en interceptant le facteur le matin. Il vivait tous les tourments de la jalousie et tous ses comportements indignes.

Pourtant, ces démarches n'étaient pas vraiment concluantes et rien ne prouvait l'infidélité de son aimée. L'attitude de cette dernière envers lui et la teneur de ses activités journalières restaient d'ailleurs inchangées. Elle continuait de vendre de menus articles d'antiquités par Internet et ses affaires prospéraient à un rythme régulier, sans accroc. Aucun changement ne pouvait signaler une conduite déréglée. Le soir, elle se faisait tremper les pieds dans une cuvette d'eau chaude aromatisée à la menthe en regardant la télévision comme elle le faisait rituellement. La nuit, alors qu'il veillait à l'affût du moindre rêve ou soupir révélateurs, elle dormait à poings fermés, apparemment sans nul trouble de conscience.

Ils s'étaient connus jeunes. Elle venait d'une famille de hippies et avait été élevée dans les fleurs et l'oisiveté. Son père avait eu son premier emploi à l'âge de cinquante ans. Elle respirait l'insouciance tout en aspirant à une vie rangée. Avec elle, Paul n'avait pas eu d'enfants par choix et avait vécu ce qu'il avait connu tout jeune : la tranquillité rassurante des habitudes, l'amour au quotidien, les repas sur une nappe blanche dans de la fine porcelaine, la mise au lit douillette. Rien n'avait changé de ce point de vue. Il s'en voulait de ses soupçons. Il en éprouvait de la honte. Mais pourquoi ses camarades lui avaient-ils injecté cette empoisonnante calomnie dans la tête ?

Un matin, il eut l'idée, tant le doute le fouettait, de procéder à un test objectif. Summer aimait faire l'amour à la lueur d'une petite bougie parfumée dans un verre. Ils en avaient disposé une sur la table de nuit. Il laissa le bout rouge d'une allumette au fond de la cavité d'où émergeait la mèche et partit à l'usine cimentière. Le soir à son retour, le verdict tomba comme un coup de couteau dans le dos. Le souffre de l'allumette était grillé. On avait donc allumé la veilleuse pendant la journée. Summer le trompait bel et bien. Du moins, c'est ce qu'il en déduisit. La douleur de la découverte lui paraissait d'autant plus cuisante que sa douce moitié dissimulait parfaitement ses agissements.

Paul détestait les confrontations et cherchait à les éviter à tout prix. Il ne s'était jamais querellé avec sa femme, sinon pour des vétilles au tout début de leur mariage : elle l'avait semoncé comme un gamin quand il avait pris l'habitude d'accrocher le sac à ordures à la poignée de la porte, quand il dormait avec ses chaussettes l'hiver ou quand, après avoir bu du lait de chèvre en grimaçant, il rinçait mal son verre et y laissait des traces écœurantes en le déposant à sécher dans l'égouttoir. Il s'était vite ajusté et les conflits avaient été écartés. Plutôt que de l'attaquer sur cette histoire d'adultère et de provoquer une scène qui pouvait dégénérer, il se retourna contre lui-même. Il se regarda dans le miroir avant d'aller au lit et mesura sa subite déchéance physique et morale. Cette affaire avait altéré l'image de perfection et de bonté qu'il s'était construite de Summer et le détruisait lui-même en dissolvant tout le sel de sa vie.

Après une nuit d'insomnie et de ruminations, il décida pourtant d'agir. Vers la fin de l'avant-midi du lendemain, alors qu'il conduisait sa lourde bétonnière vers un chantier avoisinant, il effectua un long détour et passa devant la maison. Insoutenable dans l'éclat de midi, arrogante avec son toit ouvert, une voiture sport d'un rouge flamboyant reposait dans l'entrée du garage. Les gonds du sens grincèrent en lui, son monde s'effondra. Les quolibets et les sous-entendus de ses collègues délateurs de la cimenterie collaient soudainement trop au réel et une rage violente l'envahit.

Nourris par le dépit, ses gestes se firent alors d'une précision professionnelle et d'une efficacité sans failles. Il approcha son grognant camion de la décapotable de l'amant et en versa tout le contenu sur elle. Celle-ci bientôt disparut sous la coulée de béton, entièrement enrobée d'une coque minérale gluante qui commençait déjà à durcir.

Le ciment Duromax est un nouveau produit à séchage rapide, presque instantané. Ses qualités structurelles permettent de s'affranchir des armatures passives utilisées en béton armé, voire des coffrages, rendant possible la réalisation d'éléments superrésistants même de faibles épaisseurs. Sa polyvalence de mise en œuvre est remarquable.

Le patron ne soupçonnait pas les répercussions que sa campagne de publicité allait entraîner. Jamais on ne parlerait autant de ce ciment dans les médias locaux. Peut-être s'en réjouirait-il?

Le reste de la journée, Paul erra dans la ville au volant de sa bétonnière, la faisant rugir de douleur aux feux rouges. Il s'arrêta acheter une bouteille de whisky et se réfugia dans un parc pour la boire. Le temps semblait aboli.

Il y observa longuement un aveugle marcher à pas lents dans une allée, tâtonnant de son bâton pour évaluer le chemin. Lorsque ce quidam entendait des gens venir dans sa direction, il actionnait un vieux klaxon de bicyclette qu'il portait dans sa main libre, un ballon noir en caoutchouc au bout d'un cornet métallique. De temps à autre, il s'arrêtait pour écouter les oiseaux et, son klaxon sous le bras, boire un coup à même une canette de coca-cola qu'il rangeait dans sa poche de chemise. Comme Paul eût aimé être aveugle en ce moment de sa vie.

L'après-midi avançait. Dans la brume de l'ivresse, la réalité devenait vitreuse. Les piétons adoptaient la silhouette approximative de ceux que l'on peut voir sur une maquette d'architecte. Le feuillage des arbres luisait comme du plastique. Le mari blessé redémarra son monstre de métal et repartit en direction de la cimenterie où il allait devoir affronter son patron et s'expliquer avec lui. Il passa par le pont gigantesque qui s'élevait, à son point le plus haut, à cinquante mètres au-dessus de la rivière. Au sommet, il gara sa bétonnière sur la voie de secours. Il reprit sa bouteille. Une autre gorgée, une autre pensée. Encore un coup et, réflexion faite, on change de plan. Il sortit et s'assit sur le parapet. Là, au-dessus du vide, il appela Summer de son portable et dit à son répondeur qu'il l'aimait à la folie en bredouillant des mots sans suite, contre le mince espoir que, comment pardonner si, c'est pour cela à présent que…

Puis il sauta dans le vide.

Le soir même, Summer vint identifier le corps récupéré pendant que la presse s'affairait à filmer et à photographier le monument à l'infidélité qui s'élevait devant la maison.

Partout, on vanta les mérites de ce nouveau ciment. On interrogea le dirigeant de la cimenterie qui les confirma non sans un évident malaise.

Le lit des autres

Posés sur le rebord d'une fenêtre ouverte à l'étage d'un immeuble voisin, deux oreillers blancs s'aèrent dans le soleil matinal. Que de variantes de cette petite scène paisible M. Trot, professeur d'anthropologie culturelle à l'Université Laval, a pu observer au fil de ses pérégrinations à travers le monde ! Parfois, c'est un traversin qui s'arque comme un boudin blanc géant, parfois un drap déroulé sur la balustrade d'un balcon ou étendu sur une corde tel un drapeau multicolore de quelque contrée imaginaire. On pavoise pour fêter Hypnos.

Voici, ainsi offerte, la chambre des autres, chasse gardée de la vie intime. Il y a quelques siècles, on y recevait, on y brassait des affaires, c'était un espace public. De nos jours, quand le professeur Trot est invité chez des gens, il cherche souvent quelque prétexte pour visiter ce lieu devenu ultra-privé, mais c'est le plus inaccessible et il se fait généralement rabrouer. On le considère même un peu pervers si on le surprend à rêvasser au seuil d'une chambre alors qu'il avait demandé les toilettes. Pourtant, on n'hésite pas à exhiber ainsi en façade, à la rue, au grand jour, le plus secret de cette intimité : la literie. Exposées à tout venant, ses entrailles pendent, telle une invitation langoureuse, et le professeur Trot se réjouit de ce spectacle. Le dedans se voit porté au dehors. Cette ouverture sur la chambre des autres lui est comme un appel à rêver sur le lit.

Sort-on les oreillers pour sécher les larmes qui y ont coulé dans la nuit ? Cherche-t-on à chasser les démons du noir, à évaporer les sueurs de l'amour, à disperser les rêves par-dessus bord, à effacer les confidences ?

C'est en tout cas un geste apaisant comme si quelqu'un d'invisible était en train de veiller sur la chambre. Geste de bonne, geste de chambellan, geste de ministre des affaires privées.

Ces oreillers publics disent que les occupants sont levés, qu'ils ont quitté cet espace nocturne, voire peut-être le domicile, pour le travail, le souci du jour, la course contre la montre.

Le professeur Trot imagine très bien le lit défait, le matelas déplacé, l'alaise replacée, les draps changés. Une grande armoire bâille sur une pile de draps et de taies propres, bien rangés, classés par couleur et par taille sur les étagères. Ce rangement lui rappelle le plaisir de plier les draps à deux, d'apparier les angles, de choisir le bon sens du pliage, de faire basculer et vaguer le tissu, de l'étirer pour le défroisser, de porter enfin son bout aux mains de l'autre. On ne repasse plus la literie. On ne l'amidonne plus. Les victoires du sens pratique font qu'on consacre de moins en moins de temps aux alentours de ce *locus amœnus*. Et le professeur Trot ne sait trop s'il doit le déplorer ou s'en réjouir.

Pour d'aucuns, leurs oreillers exhibés aux fenêtres représentent un moment de transition des ténèbres vers l'aurore, donc un temps bref de renouveau. L'aération ne dure pas longtemps. On va tout rentrer bientôt, refaire le lit, asperger les draps d'eau de lavande ou de talc et vite refermer le couvre-pieds sur son parfum. Pour d'autres, les hygiénistes du lit, l'exposition s'étalera toute la journée en vue de déloger acariens et bactéries des plumes et duvets. Le soir, la couette et ses garnitures rentrées sentent le frais, sont assainies et prédisposent au repos.

Selon le professeur Trot, qui l'a analysé dans son *Anthropologie de la chambre à coucher*, le traitement de ces objets du sommeil renvoie à deux philosophies opposées du lit, qu'il connaît bien aussi sur le plan personnel puisqu'elles sont à la source de menues querelles domestiques avec son épouse, qui, elle, enseigne les mathématiques à la même institution. Faire son lit ou ne pas le faire.

Aux yeux de ceux qui pourraient s'appeler les négligents ou les nonchalants, et la compagne de Trot a vite découvert qu'il en était, faire son lit c'est du temps perdu, car on va devoir le défaire quelques heures plus tard, de toute façon. Ce geste rappelle l'absurdité de Sisyphe et invite à la lucidité. Si on ne retourne pas dans la chambre pendant la journée et que ça ne gêne personne, aussi bien abandonner sa couchette en l'état. Qui verra la différence, qui s'en plaindra? De la sorte, on peut y retourner à n'importe quel moment, pour une sieste par exemple, la paillasse est prête, elle nous attend. De l'avis de ses adversaires cependant, et Mme la professeure Trot-Chasteline en sait long là-dessus, le lit ouvert connote le désordre, le laisser-aller, la mauvaise éducation, la dissipation, l'infantilisme. Pour le docteur Trot, il dit plutôt la sensualité et le naturel, la liberté contre la rigueur, la tolérance aussi. La tolérance, oui, car les partisans du lit défait ont tendance à ne pas juger les tenants des lits bien faits. Parfois, il aurait envie de traiter ces derniers de maniaques, de perfectionnistes, d'artificiels, mais il s'abstient et laisse faire. Il sait, lui l'anthropologue qui lui a consacré tout un chapitre dans son étude, que la méfiance à l'égard du lit défait provient en partie de la morale chrétienne qui préconisait de s'en extirper vite aux aurores et de le couvrir par pudeur et discipline. Aussi y a-t-il une petite révolte qui s'exprime dans la transgression de cet héritage, même si cette rébellion passe pour de la simple paresse aux yeux de sa tendre, et néanmoins exigeante, moitié.

Pour les défenseurs de ce rituel matinal comme sa femme, faire le lit ne se discute pas: c'est une question de principe, d'habitude, de cérémonial, de devoir quotidien, de rigueur. Ils se sentent mal le reste de la journée si le lit n'est pas d'abord fermé et remis en ordre. On dort comme on fait son lit, soutiennent certains, mais madame la mathématicienne pense plutôt que la journée se déroule comme on fait son lit, c'est une matrice de fonctions. Le lit bien rangé respire la maîtrise, la raison, les bonnes manières, le respect des traditions. C'est le monde organisé. Les faiseurs de lit ont peut-être une moralité élevée, ce qui tend à les rendre plus intolérants, rumine pour sa part l'anthropologue. N'ont-ils pas sans cesse des récriminations à formuler à l'endroit des relâchés du drap ? Le lit défait leur paraît associé à l'indécence, à la malpropreté, à la nonchalance, il est dérangeant, voire déprimant. Ils invoquent aussi la poésie des gestes dont ils se priveraient en laissant la chambre à l'abandon, poésie liée à une sorte d'hédonisme de la finition : le plaisir de lisser les draps dans la lueur de l'aube, de border le sommier, d'envelopper les contours, de battre les oreillers, de les secouer avant de les replacer à la bonne position, plaisir de bien ajuster l'édredon, de l'insinuer sous les coussins à coups de caresses expertes. C'est la joie du travail élégant, bien accompli, dont madame est spécialiste en bonne experte d'équations parfaites. Le point mis à la dernière phrase de la nuit, la page que l'on tourne sur le nouveau jour qui commence, le CQFD jubilatoire du matin. Parmi les paramètres importants de cette routine, faire son lit représente aussi l'allégresse supplémentaire d'un autre cérémonial, celui de l'ouvrir méthodiquement le soir au coucher, de replier les couvertures en ourlet avant de pénétrer dans le sommeil.

Mais sur le rebord de certaines fenêtres voisines, les petites taches de lumière qu'y font les oreillers pendus et les draps flottant dans l'air ne cessent d'interpeller le professeur Trot, car elles renvoient pour lui aux aises du lit défait. Le petit conflit domestique, et pourrait-on dire philosophique, voire anthropologique, qui l'oppose à sa compagne n'est cependant pas grave au point qu'il rêve d'aller dormir chez les gens d'en face. Ce différend a fini tout de même par l'obliger à faire chambre à part. Ainsi en a décidé madame. À chacun son lit, comme on dit à chacun sa vérité. À chacun sa formule, en conclut-elle en bonne mathématicienne. Longtemps, il a cru que cette solution à laquelle il s'était volontiers soumis avait réglé son problème une fois pour toutes, mais c'était méconnaître la ténacité dogmatique des partisans du lit bien fait. Désormais, on se mêle de venir faire son lit dans sa propre chambre et parfois en maugréant. Alors le professeur Trot s'est mis à voyager plus souvent dans des colloques de plus en plus loin, l'attrait des lits défaits pouvant tout de même porter à conséquence.

Le parapluie

> […] les grands vers de l'humanité n'ont pas encore été écrits, et c'est de cette imperfection que doit se réjouir notre espérance.
>
> BORGES (à propos de Quevedo)

Un an après l'accident, nous nous promenions dans le jardin de ce que Bernard appelait son auberge, tassés l'un contre l'autre sous mon parapluie. Le ciel était gris et bas, quelques gouttelettes de bruine nous atteignaient parfois au visage, poussées par un vent doux. Nous nous réfugiâmes sous une pergola couverte d'un lierre dense. Soudain, avec détermination, il m'arrêta en me tenant le bras comme pour capter mon attention.

— Un glaive d'argent éventre la panse des nuages. Le feu déchire l'horizon derrière la chevelure de l'averse dans un sourd crépitement. Forme brève de la nature, la foudre est à l'ordre du jour. La bourrasque secoue la cime des arbres et arrache des ramures. Une feuille va seule dans le remous invisible de l'air.

Il regardait sa main tendue qui pointait vers l'horizon.

— Qu'en dis-tu ?

— Pas mal, grommelai-je, quelque peu déconcerté, en reprenant la balade.

— Je n'écris plus de poèmes, je préfère les inventer oralement, comme ça, au fil des moments. C'est moins carcéral. J'ai du succès au grand salon après le dessert. Tu devrais voir ça ! Ah ! C'est vraiment le délire. Puis prenant un ton déclamatoire :

— La pluie est totalitaire. Elle instaure un fond sonore qui réduit le monde au silence. Aucun insecte ne bruit. Aucun oiseau ne chante. Anesthésie de toutes choses auxquelles l'humain participe. Écoute.

Il nous fit faire une pause pour prêter attention au silence. Par malchance, un pigeon invisible roucoula d'une hauteur. L'accompagnèrent une corne de brume provenant du fleuve à proximité et le roulement crissant d'un train dans le lointain. Nous n'aurions rien entendu de cela si nous avions continué à converser.

— Aucun enfant ne joue dans les rues, m'empressai-je de proposer pour divertir.

— Même les chiens se terrent, ajouta-t-il, l'air content.

Nous marchâmes jusqu'à un petit étang, au bout de la pergola, où nageaient des carpes bien visibles. Il enleva ses lunettes et en essuya le verre sur sa manche, puis grave :

— Le ciel oblique rend introspectif. Le moi imbibé penche à l'horizontale, les pensées rampent comme des vers, les vaches s'affaissent dans les champs, mais les poissons quittent leurs profondeurs et remontent à la surface pour manger les moustiques assommés par l'orage.

Il remit ses lunettes. Par moments, je ne savais plus s'il récitait ou s'il conversait.

— Tu te souviens des belles truites que nous prenions dans la rivière ? Nos meilleures pêches, c'était justement par des jours pluvieux comme aujourd'hui.

Je voulais tester si les médicaments lui avaient fait perdre complètement la mémoire comme il le prétendait.

— Nous étions jeunes et barbares, invoqua-t-il. Aujourd'hui, rien que l'idée d'un hameçon enfoncé dans une gueule me rend malade. Hé ! Je me mets à sa place, tu comprends ? Je suis une éponge. On évolue comme on peut. Et puis mon séjour ici m'a changé, c'est sûr. Pour le mieux.

— Tu es venu pour cela, pour qu'on t'aide à surmonter l'épreuve.

Nous nous assîmes sur un banc de pierre abrité près de l'étang. Je fermai mon parapluie.

— Maintenant, je l'assume. On m'a fait saisir des choses. Ma culpabilité est normale, mais je ne suis pas un meurtrier. J'ai une part de responsabilité, et ça s'arrête là, tu comprends ? J'ai le droit de continuer à vivre ! Quand je suis arrivé, je ne pensais qu'à mourir. Oui, qu'à mourir ! Si Axèle ne m'avait pas quitté peu après l'événement, c'aurait été moins dur, je crois. Cet abandon combiné à la mort insensée du bébé… Ah ! C'était trop !

— Est-ce que tu te sens mûr pour quitter cette auberge ?

— Arrête de l'appeler « auberge », veux-tu ! Ne me prends pas pour un fou. Tu sais bien que c'est une clinique.

— Alors peut-être que tu es mûr pour en sortir.

— J'y suis arrivé par un jour nuageux comme aujourd'hui. Seul dans ma chambre, j'ai passé des heures à rêver à la fenêtre en regardant la pluie qui tombait continûment. Elle arrivait de l'ouest, puis tout d'un coup elle est remontée de mon enfance. Je me suis revu à huit ans et j'ai revécu ce sentiment d'abandon lorsqu'en revenant de l'école j'ai trouvé la maison familiale fermée à clé. Un violent orage s'était mis à inonder les rues. J'étais trempé et j'avais peur. J'étais cloué sous le chéneau, sans secours, dans la plus grande solitude. Je me sentais poreux. L'attente de mes parents me paraissait interminable. J'avais l'impression qu'ils étaient partis pour toujours. Quelque chose s'est passé en moi au cours de ce moment sous la pluie. Un éveil sans doute. La conscience que plus rien ne serait pareil. Plus jamais je ne serais protégé. Désormais, j'allais être laissé à moi-même. Et le jour de mon entrée dans cette clinique, le nez collé aux carreaux, je me suis souvenu de cela. J'étais là certes pour qu'on m'aide à passer un sas difficile, mais ultimement, j'étais seul et je devais profiter de ce repos assisté pour me reprendre en main. J'ai travaillé sur moi. Déjà que je ne pouvais plus supporter la pluie, c'était pire encore après l'accident. C'est ce que j'ai tout de suite dit au thérapeute. La pluie me rendait nerveux. Très nerveux. Ah ! Une association stupide, entêtée. Je ne dormais plus. Je revoyais sans cesse la scène, Axèle me suppliant de ne pas partir, de ne pas rouler par un temps pareil...

Il m'avait raconté cette histoire plusieurs fois. Il hésitait à la sortie de l'immeuble de sa compagne. Le ciel crevait et dévidait des trombes d'eau poussées par des rafales. L'averse tombait dru. La foudre claquait. Les éclairs transperçaient les nuages comme des avertissements. Il éprouvait de l'accablement et de l'angoisse. Sans parapluie, sans chapeau, sans imper, il fut trempé rien qu'à se rendre à la voiture. Un filet froid lui coula dans le cou, un frisson lui parcourut l'échine.

Il avait deux heures de conduite à faire. Sur le trajet, la route déserte l'incitait à la somnolence. Quand l'orage se calmait, il roulait vite pour se tenir éveillé, mais devait ralentir quand la pluie reprenait, les essuie-glaces n'arrivant plus à dégager la vue. En traversant un village dans un virage, une zone de brouillard d'une épaisseur aveuglante le força à brutalement appliquer les freins. Ce fut rapide et lent à la fois. Perte totale de maîtrise. Impression d'être emporté comme dans une auto tamponneuse ou une montagne russe. La voiture dérapa sur la chaussée glissante, fit un tête-à-queue et pénétra par le coffre dans le salon d'une maison où les gens regardaient la télévision. Grand fracas de métal écrasé et de vitres éclatées. Forte odeur d'essence répandue. L'étrange vision de sa voiture emboutie dans le séjour le marqua pour la vie.

— Je revoyais l'air ahuri du couple de villageois qui me fixait par le trou dans leur mur, étrangement muet et immobile sous le choc ; et moi, les pieds dans l'eau du caniveau, d'un calme déplacé, malgré les douleurs au cou et aux côtes, sorti de la carcasse comme d'une limousine et demandant poliment qu'on appelle la police et l'ambulance. Ah ! J'étais étonné de moi-même. « Étonné » veut dire à l'origine « être frappé par le tonnerre », le savais-tu ? C'est le médecin qui me l'a appris.

— Non. Et le bébé, tu ne m'as jamais dit comment tu l'as découvert. Tu ne t'es pas du tout soucié de lui ?

— Je ne savais pas qu'il y avait un nourrisson qui dormait près de la fenêtre. Je me souviens seulement des deux silhouettes silencieuses, hostiles, debout dans la pénombre de leur salon sous la lumière glauque de leur téléviseur et qui me regardaient comme un Martien. La femme se tenait la tête à deux mains, puis l'homme a disparu, sans doute pour téléphoner. Ils ont dû croire que j'étais soûl et dangereux. Les secours sont aussitôt arrivés et c'est par eux que j'ai su que le petit n'avait pas souffert, qu'un grand morceau de verre détaché de la baie vitrée sous l'impact lui avait tranché la tête comme une guillotine. Ah ! J'ai perdu connaissance.

— Mon pauvre ami.

— Ici, on m'a fait beaucoup écrire là-dessus pour m'en libérer.

Une brève accalmie se dessina. Je suggérai qu'on rentre. Un vent froid soufflait l'eau des feuillages. Je rouvris mon parapluie.

— Tiens, encore un pour toi, proposa-t-il avec fièvre en tendant le bras devant lui pour me retenir. Averse d'automne, la terre passe au noir. Lourdes et rompues, les fleurs d'hortensias dans le parc. Un saxophoniste joue seul sous la pluie devant la cathédrale. Un officier pose une couronne contre le monument au rythme de la sonnerie et de la batterie. Les fils du ciel se dénouent sur les têtes.

Il avait levé son menton et contemplait le vide d'un air inspiré.

C'était comme s'il déclamait ses poèmes improvisés en longeant une falaise d'un pas aviné ou du haut d'un balcon en ruine dont on craignait l'effondrement à tout instant. L'inquiétude empêchait d'apprécier son effort, une émotion prenait le pas sur une autre. Nous marchâmes en silence vers la clinique. Au sol, des reflets d'huile d'un bleu sombre proche de l'ardoise ruisselaient de lumière. Distrait par quelque murmure intérieur, Bernard barbotait dans les flaques.

— Alors, tu viens me chercher la semaine prochaine? demanda-t-il.

— On en parlera au médecin si tu veux. Il faut avoir sa permission.

Nous étions de retour dans le hall. C'était l'heure de nous séparer.

— Un dernier pour la route, suggéra-t-il, avant d'enlever mes souliers trempés.

Il prit une posture rigide et solennelle.

— La girouette de fer vire sur le toit d'en face. L'eau s'égoutte sur les feuilles. Un moineau s'ébat dans le bassin de granit. Les parfums lèvent avec la brume qui baisse. Le banc de poissons des humains pâtit dans cet aquarium. Combien me reste-t-il à vivre? Le jour est bref, le soir tombe, penchons-nous pour le retenir, tout en cueillant les premiers champignons, les plus exquis. Le ciel pétrit le noir. Le pain chaud est sur la table. La nuit ouvre les jambes. Dans la pièce humide, l'amante attend, serrant son châle sur ses épaules nues. Des devoirs m'appellent.

Il me fit un clin d'œil complice. Un infirmier s'approcha.

— Bien, dis-je un peu mal à l'aise. Je dois partir. À la semaine prochaine alors.

Dehors, une gouttière dégorgeait ce qu'elle recueillait du toit sur le trottoir dans une odeur d'argile mouillée. Je redéployai mon parapluie.

L'auberge désirable

ENCHANTEMENT ET SÉRÉNITÉ, ROMANCE ET DÉTENTE

Ma compagne Gigi et moi apprécions depuis de longues années les séjours que nous effectuons dans des hôtelleries champêtres de notre coin de pays. Aussi avions-nous décidé il y a plusieurs mois de célébrer notre vingtième anniversaire de mariage à l'Auberge Désirable aux Grandes-Eaux. Nous y avions réservé un forfait « Pachas » pour un séjour de deux nuits. C'était une brève évasion de week-end, mais le coût exorbitant nous avait obligés à être raisonnables. Le forfait comprenait l'hébergement, le repas cinq services, le déjeuner, une séance de massothérapie professionnelle en duo et l'accès libre à la piscine, dont les perspectives d'aquagym nous ravissaient.

Le dépliant annonçait un « refuge apaisant » dans une maison ancestrale du XIXe siècle, proposant aux hôtes quatre pavillons de « nids princiers » aménagés avec art et raffinement. Ces pavillons portaient des noms poétiques qui faisaient rêver, comme La Tour de l'oubli, L'Ombelle des iris, Le Mocassin de la vierge.

Le site Internet montrait quelques photos qui construisaient l'image d'un endroit idéal offrant non seulement beaucoup de charme, avec ses chambres confortables tout en boiseries anciennes, en jolis meubles, en dentelles et en éclairage discret, mais aussi une foule de services épicuriens qui allaient nous transformer en boules de plaisir et qui représentaient autant d'appâts pour nous. Un vrai paradis voluptueux, avions-nous pensé, avec en plus un chef décoré, une table qu'on disait renommée, et une cave bien fournie. À cela s'ajoutait un « centre de santé enivrant » avec soins à base de produits régionaux : pétales de fleurs, extraits de fruits, gomme de sapin, pousses de fougère, dérivés de souci d'eau et de silène enflé, exfoliants aux pépins de mûres et aux écorces de bouleau, huiles essentielles, avoine et foin, boue de tourbe... Et ce qui a achevé de nous convaincre : « Un parc boisé, des jardins enchanteurs débordant de plantes luxuriantes d'une très grande variété » et « des activités culturelles et de plein air nombreuses pour tous les goûts ».

Bref, « un lieu envoûtant », résumait encore la présentation, en particulier pour une célébration amoureuse que nous souhaitions inoubliable. Nous avions réservé les yeux fermés.

CHAMBRES DOUILLETTES ET SUITES GRAND CONFORT

Nous sommes arrivés un samedi après-midi. L'auberge affichait de l'extérieur une certaine grâce vétuste, du moins le bâtiment principal où se trouvaient la réception et le restaurant. On nous assigna cependant une chambre dans un des quatre pavillons qui se cachaient derrière cette façade qui se nommait La Cour chevaleresque. En ouvrant la porte 121, Gigi a immédiatement réagi avec des « oh ! » et des « ah ! » qui semblaient de surprise : il est vrai qu'en irréductible optimiste elle voyait toujours des pépites là où je ne saisissais que des débris de charbon. Pour ma part, j'étais assez renversé. Il s'agissait en fait d'une chambre de motel bas de gamme, sombre, empestant la cigarette et décorée sans aucun sens esthétique avec un mobilier plus que rudimentaire. C'est ainsi que l'armoire à vêtements était un horrible meuble de contreplaqué sans porte. Je me suis alors escrimé à ne pas briser le rêve de Gigi et à protéger la dimension festive de ce début de séjour en essayant de lui cacher le plus possible la réalité des choses, mais c'est plutôt elle qui essayait de me remonter le moral : « Bah ! Ce n'est pas grave, nous ne passerons pas notre temps dans la chambre », me dit-elle avec un sourire qui paraissait coquin et énigmatique, comme s'il était prometteur de passions sauvages au grand jour sur un lit de tendre verdure, sous un bosquet parfumé ou contre un arbre viril du jardin.

Un lieu qui vous inspirera, dont la lumière unique découpe le réel en arêtes vives

Je rageai aussitôt devant la seule petite fenêtre de la chambre, dont la vitre était sale et cassée. Elle était pourvue d'un store dont les lamelles verticales, qui ne pivotaient pas quand j'ai voulu apporter un peu de soleil et d'air frais dans cet antre, me sont restées dans les mains comme si j'avais dû me battre avec elles. Et voilà que je mettais en évidence pour Gigi ce que je tentais pourtant de lui dissimuler. C'est ainsi que j'ai dû suspendre un de mes caleçons pour couvrir le bâillement du store afin de protéger notre intimité.

Pendant que ma douce moitié se rafraîchissait dans la salle de bains, j'ai mis un certain temps, effondré sur le bord du lit, à me demander si nous devions partir tout de suite ou nous résigner à rester. Nous avions roulé trois cents kilomètres pour échouer là. Je me sentais piégé.

Un cadre soigné où vous pourrez vous relaxer loin de vos soucis journaliers

Par la force des choses, la résignation a vite pris le dessus tant je souhaitais camoufler ma consternation à ma femme. Après avoir déplié les bagages en chanson, sans doute pour mieux accepter la situation avec une certaine philosophie, Gigi a eu recours à la méditation, son moyen favori de fuir le quotidien, mais quand elle a voulu s'asseoir sur la moquette de la chambre, j'ai failli me précipiter pour l'en empêcher car celle-ci était couverte de grosses taches collantes, avec des amoncellements de poussière autour des meubles et des débris de cacahuètes oubliés dans les coins par les précédents occupants, au milieu de toiles d'araignée. L'aspirateur n'avait pas dû être passé depuis longtemps. J'aurais pu demander à ce qu'on vienne immédiatement faire le ménage, mais Gigi en aurait été davantage dérangée. Pour distraire ma compagne de ces signes évidents de négligence, j'ai remis en place, tout en sifflant avec désinvolture, quelques reproductions de croûtes qui étaient de guingois sur les murs et je me suis retiré pour la laisser sur le chemin de son nirvana.

Une piscine extérieure revigorante ouverte à tous vos ébats et entourée de chaises de repos qui appellent à l'abandon

Associée à un spa dit de luxe, cette auberge comportait une petite piscine en plein air entourée d'une clôture. Elle n'était pas tout près de notre chambre et on ne mettait aucun peignoir éponge à notre disposition pour nous y rendre. Il fallait y aller en tenue de bain ou nous changer une fois sur place, mais il n'y avait pas de cabines. Alors nous nous y sommes acheminés en maillot avec notre petite serviette de chambre blanche sur l'épaule. Heureusement, il faisait chaud ce jour-là.

Aux abords de la piscine, un large panonceau déclarait que l'occupation en était limitée à cinquante-trois personnes. On voulait sans doute dire cinquante-trois baigneurs debout dans l'eau, tassés comme des manchots sur la banquise ou des manifestants solidaires en hiver car, à bien y regarder, même à deux fois, elle pouvait en accueillir tout au plus une dizaine pour l'aquagym, voire quatre ou cinq à la fois si l'on souhaitait nager. Près du portillon d'entrée de cette piscine, il y avait un bac à grandes serviettes de plage rouges pour les chaises longues, mais il n'en restait qu'une, leur quantité étant insuffisante pour le nombre de clients. On semblait espérer qu'ils n'utilisent pas la piscine, peut-être parce qu'on n'avait pas eu le temps de faire réparer les lattes cassées de plusieurs chaises. Mais peu nous importait puisque nous avions nos petites serviettes de chambre. En outre, un second bac reposait de l'autre côté du portillon pour que les baigneurs y déposent leurs serviettes sales à la sortie, ce qui paraissait pratique à première vue. Cependant, étant de la même taille que celui des serviettes propres, ce bac débordait déjà puisque les clients y avaient jeté leurs serviettes en tas. Ainsi peu de choses semblaient vraiment pensées dans cet endroit, me dis-je, mais je me gardai bien d'en faire la remarque à Gigi qui, apparemment, n'avait rien noté parce qu'elle paraissait préoccupée par l'affiche des heures d'ouverture de la piscine : 11 h à midi, puis 16 h à 18 h, sauf le lundi et le mercredi. Elle était également fermée une fois sur deux le samedi et le dimanche. Les leçons d'aquagym se limitaient à une heure par semaine le lundi, ce qui signifiait que nous n'allions pas pouvoir les suivre. J'ai signalé à ma compagne que cet horaire fantaisiste était au moins original. « Quelle chance nous avons qu'elle soit ouverte, s'exclama-t-elle, il nous reste une demi-heure pour en profiter. »

Veillait à la sécurité des baigneurs une très jeune fille (d'environ seize ans) assise près du bord où l'eau était la plus profonde. Vu sa corpulence d'anorexique, elle n'avait rien d'un maître-nageur et elle n'aurait sans doute jamais pu sauver quiconque de la noyade, malgré sa gentillesse maladroite. Je ne me sentais pas rassuré, mais Gigi, qui n'a aucun penchant anxieux, l'estimait sympathique. Au lieu de surveiller, l'apprentie athlète avait le nez dans un roman prenant, et ma femme a pu discuter un bref moment avec elle de sa lecture, Gigi s'intéressant plus à la littérature qu'au reste. À mes yeux, elle était si jeune qu'elle n'avait sans doute pas le droit de travailler légalement. D'ailleurs, la seule bouée de sauvetage de l'endroit était accrochée à la clôture à l'autre bout de la piscine, le plus éloigné qu'il fût possible de son poste de surveillance. Quelle idée saugrenue ! « Tout est bien conçu », dis-je aussitôt à Gigi pour détourner son attention, en lui montrant les grilles qui empêchaient les feuilles mortes de pénétrer dans le système de circulation de l'eau. Mon stratagème semblait futile puisqu'elle était impatiente de nager. Je l'ai courageusement suivie dans le bassin, je dis *courageusement* parce que l'eau me paraissait trop froide à 19 °C. Je ne me sens bien dans une piscine qu'au-dessus de 26-27 °C. En entrant dans l'onde bleue, tel un héros militaire qui cherche à se requinquer, je marmonnais quelques mesures enlevées de la célèbre ouverture de *1812* de Tchaïkovski, et j'entendais les coups de canon triomphaux de la finale lorsque je suis brutalement tombé sur le dos en descendant les marches. J'aurais pu me blesser grièvement si ma tête avait frappé le ciment. Cet escalier d'accès était dangereux, parce que la dernière contremarche ne retombait pas à angle droit vers le sol, de sorte que le talon pouvait facilement y glisser dans l'eau et faire perdre l'équilibre. Je pointai à ma femme ce défaut de conception absurde pour un escalier. Gigi ne voulut pas entendre mes explications techniques et blâma plutôt mon habituelle maladresse, presque furieuse contre moi de me croire la risée des témoins dans ce lieu qu'elle s'efforçait d'estimer chic. Ma petite revanche vint cependant un peu plus tard quand un autre résident de l'auberge tomba lui aussi au même endroit; et en quittant l'aire de la piscine j'en observai encore un troisième qui connut le même sort. Avec une certaine satisfaction coupable mêlée d'empathie, je me suis empressé de signaler cette nouvelle chute à Gigi, mais elle était déjà sur le chemin de la chambre où elle voulait faire sa toilette et se changer pour prendre l'apéritif. Elle avait raison, pourquoi s'attarder aux désagréments?

Une halte romantique où la plus exquise modernité côtoie harmonieusement l'ancien, dans le souci constant de l'écologie

Pour célébrer nos vingt ans d'union, nous avions apporté une bouteille de champagne. Pendant que Gigi chantait sous la douche, j'ai voulu mettre nos bulles au frais, mais il n'y avait pas de frigo dans la chambre. J'ai dû recourir à un piètre seau à glace en plastique fendillé et me rendre à la réception dans l'autre bâtiment pour le faire remplir de glaçons... mais, par malchance, il n'y en avait plus. Alors j'ai commencé à protester, je me suis même mis en colère. Le garçon à qui je m'adressais avait l'air frappé de stupeur. « Débrouillez-vous, nous avons besoin de glace », dis-je sèchement. Je suis retourné à la chambre avec le seau vide; une demi-heure plus tard, le garçon, qui avait sans doute communiqué ma plainte à ses patrons, apportait de la glace en nous avouant naïvement qu'il avait dû aller en acheter au supermarché du coin.

À mon tour, j'ai finalement pu prendre une douche. La salle de bains était à première vue relativement jolie et moderne, mais la chasse d'eau des toilettes fuyait sitôt tirée. Le clapet de fermeture était manifestement trop grand pour son trou. Une telle erreur ne pouvait avoir été commise que par un plombier amateur ou à moitié ivre. J'ai profité du fait que Gigi était partie faire une promenade pour demander à la réception que ce problème soit immédiatement résolu. On avait déjà dû nous classer comme des invités indésirables. Le même jeune homme est alors revenu, et je me suis dit que cette hôtellerie était vraiment à court de personnel de service. Ce garçon en savait moins que moi sur les réservoirs de toilettes et n'a rien pu y faire. J'ai ainsi dû, durant tout notre séjour, à chaque utilisation, ouvrir le réservoir et pousser le clapet à la main dans son trou: du jamais vu, même dans le plus modeste des gîtes. Malgré mes efforts, je ne crois pas avoir pu cacher ce désagrément à Gigi, car je devais toujours passer derrière elle pour rabaisser ce levier têtu, en prétextant quelque besoin urgent d'aller à la salle de bains. Tout se passait cependant comme si elle ne se rendait compte de rien, à moins qu'elle n'ait fait semblant d'oublier cette défectuosité pour me ménager.

J'ai vite noté l'unique barre, d'ailleurs minuscule, pour suspendre les serviettes, ce qui signifiait qu'il n'y avait aucune possibilité de les y étendre pour les faire sécher ni de faire s'égoutter nos maillots de bain en même temps. J'ai essayé de retourner cette situation en ma faveur en offrant à ma femme de l'utiliser pour elle seule, car je pouvais très bien faire sécher mes affaires dehors sur un banc. La ruse réussit, et elle me jugea fort galant.

Immense parc boisé avec abondance de fleurs enivrantes et circuit de sentiers pédestres où semer vos rêveries

Nous étions changés et fin prêts à prendre notre apéritif. Nous sommes sortis dans le jardin de l'auberge à la recherche d'un endroit calme à l'ombre. M'est aussitôt revenu à l'esprit le sourire ambigu de ma femme quelques heures auparavant, et les fantasmes les plus libertins m'assaillirent... Aussi cherchai-je des yeux un coin où nous réfugier, mais la verdure était encore humide des averses de la veille, les bosquets couverts d'épines, les arbres plutôt rugueux et sillonnés de fourmis. Il restait à grimper haut dans les branches pour des amours voltigeantes, mais ce n'était plus de notre âge. Il a bien fallu revenir à la réalité. Nous avons alors découvert que ce jardin était en fait très réduit et fort peu aménagé : il n'y avait rien d'autres qu'une seule table, jolie du reste, ronde et blanche, en fer forgé, posée devant un filet de fontaine sous quelques arbres, mais un couple l'occupait déjà. Il restait deux chaises libres à cette table, et comme nous n'avions pas le choix, nous leur avons demandé si nous pouvions les prendre. Conviviaux, ils nous ont spontanément invités à nous asseoir avec eux, de toute façon ils allaient partir. Mais ils sont restés avec nous, sans doute parce qu'ils nous sentaient doucement fêlés avec notre champagne et nos flûtes en cristal. Au milieu des bulles, nous avons fait connaissance, et cette rencontre fut bien chaleureuse. La femme occupait la fonction de médiatrice dans une société où elle résolvait les conflits, ce qui intéressait beaucoup mon optimiste de femme ; lui était artiste photographe, doté d'un vif sens de l'humour. Comme il aimait capter la nature en images, il nous confia que les fleurs du jardin lui paraissaient plutôt inexistantes tant elles étaient clairsemées et desséchées, manquant visiblement d'eau même s'il avait plu la veille, mais il était parvenu à tirer de merveilleux clichés de décadence dans ce lieu qui incarnait parfaitement la ruine et le déclin.

TABLE GASTRONOMIQUE, VOIRE *FASTRONOMIQUE*, RÉCIPIENDAIRE DE NOMBREUX PRIX

Après l'apéritif, nous sommes allés à la salle à manger, l'appétit à la hauteur de nos attentes. Le repas dit « gastronomique », même si limité à cinq services, était assez fin. Il y avait quelques produits régionaux mais, à côté des exotiques mesclun parfumé de yuzu et son gaspacho coiffé d'un espuma à l'asperge verte et à la cardamone, la mousse au jambon et au whisky était gâtée par un excès de muscade, le cerf rouge aux griottes était cuit en semelle avec son plantain à la dijonnaise durci comme un coing, et les pétoncles à l'orange, trop sucrés, s'accompagnaient d'une émulsion, quelque peu déstructurée, de lait de crevettes, de sureau et d'artichaut. Le sommelier nous a instantanément boudés quand nous lui avons commandé un petit vin italien honnête en demi-bouteille au lieu d'un inabordable grand cru classé, et nous avons dû remplir nos verres nous-mêmes pendant tout le repas. J'essayai de le justifier aux yeux de Gigi par le fait que les larges calices étaient trop chauds au départ (ils devaient sortir du lave-vaisselle) et qu'on attendait sans doute qu'ils soient à la bonne température pour nous y verser du vin. La serveuse, toute cravatée qu'elle fût, se trompa dans l'ordre des mets en nous apportant le plat principal avant l'entrée. Le personnel était très jeune, comme s'il s'agissait de stagiaires en formation de l'école d'hôtellerie, mais une relative beauté les caractérisait tous, fis-je remarquer à ma femme, pour faire oublier que le service manquait de style. Le café est arrivé renversé dans les soucoupes et la glace au persil à moitié fondue, ce qui n'a pas empêché Gigi d'en savourer les particularités. Je ne relevai pas les grumeaux dans la crème anglaise de mes îles flottantes anisées, savamment appelées *Transparences étoilées à la badiane,* que j'avalai tout en feignant de me régaler. Des couverts en argent côtoyaient les assiettes en grosse faïence passe-partout et la fleur sur la table était artificielle, mais on avait disposé les plats principaux sur des ardoises rectangulaires, ce qui montrait un effort rustique certain pour personnaliser la table. La bougie d'ambiance s'est éteinte au milieu de nos agapes et personne n'est venu la changer, mais plutôt que de m'en plaindre j'ai tenté de récupérer l'incident en insistant sur l'éclat des yeux de ma compagne qui suffisait au romantisme de la soirée. Je n'en pensais pas moins, mais comment ce restaurant avait-il pu acquérir sa réputation ? Fort heureusement, on n'avait pas présenté le dessert avant le potage à la roquette et au pâtisson.

Pendant tout le repas nous avons entendu des essais de musique rock provenant de l'extérieur, à proximité de l'auberge, comme si un groupe s'exerçait en prévision d'un prochain concert. Ces musiciens faisaient sans doute partie des « nombreuses activités culturelles pour tous les goûts » qu'on vantait sur le site Internet.

Repos garanti dans des chambres parfaitement climatisées

Avant que nous nous couchions, Gigi a voulu prendre un bain relaxant, mais nous découvrîmes avec stupéfaction que la baignoire n'avait plus son bouchon pour la bonde, on l'avait sans doute perdu, ce qui signifiait que la baignoire à jets, fièrement annoncée comme un luxe appréciable de ces chambres, était inutilisable puisqu'il fallait pouvoir la remplir pour que le mécanisme s'actionne. Vu l'heure tardive, je laissai une note à la réception pour qu'on nous déniche un bouchon pour le lendemain. Je consolai ma femme de sa frustration en lui faisant un petit massage sensuel comme elle les aimait et qui la détendit.

La nuit ne fut pas calme : il n'y avait pas d'air climatisé. Un pittoresque ventilateur bringuebalant au plafond n'arrivait pas à faire circuler l'air lourd. Il faut dire qu'il était mal situé, dans le hall d'entrée de la chambre au lieu d'au-dessus du lit, et il menaça de tomber quand nous l'avons mis assez fort pour qu'il soit utile. En outre, il faisait un bruit tel que nous n'avons pas pu le laisser en marche pour dormir. La chaleur était si intense dans ce lieu que je n'ai pas pu fermer l'œil. Heureusement, Gigi, étrangère aux ruminations nocturnes, finit par s'endormir malgré tout.

Le concert des rockers a accompagné ma nuit blanche jusqu'aux petites heures. J'ai été tenté d'appeler la réception pour qu'on fasse venir la police, mais Gigi n'aurait sans doute pas apprécié qu'on la réveille. L'ironie, c'est que nous avions fui notre ville parce qu'il y avait une compétition automobile assourdissante, pour nous réfugier au calme dans cette lointaine auberge de campagne.

Remise en forme assurée à notre institut d'hydrothérapie, reconnu pour son équipe de professionnels de la santé, sa gamme complète de produits, ses soins flexibles, ses bains aux huiles essentielles, ses massages enveloppants

Le lendemain matin, pour éliminer les toxines et le stress, nous comptions sur les soins revigorants que nous avions réservés. Nous avons dû nous lever très tôt pour aller, juste avant la séance, prendre notre déjeuner, d'ailleurs fort ordinaire même s'il était offert dans de l'argenterie, parce qu'il n'allait plus être servi après nos deux massages, qui se suivaient (ils n'étaient pas en duo). Nous allions apprendre que les horaires de la jeune personne qui assurait nos soins étaient très peu souples parce qu'elle ne faisait pas partie du personnel permanent. Comme elle nous le confia elle-même, elle était étudiante, de sorte qu'elle n'avait pas encore son diplôme de massothérapeute. Elle avait des gestes approximatifs de débutante, doux, peu appuyés, comme si elle manquait de force et d'assurance, à moins qu'elle ne fût fatiguée de la veille. Pour compenser peut-être, elle a essayé de laisser passer un érotisme subtil quand elle m'a massé les bras, tenant ma main contre son sein tandis qu'elle frottait l'avant-bras et l'épaule, obligeant mes doigts à se refermer légèrement sur son bras, qu'ils effleuraient et qui glissait sur ma main en un va-et-vient sensuel. Mais à un moment, quand j'ouvris un œil, je découvris qu'elle avait les ongles tout rongés, inconvénient esthétique qui tournait cependant à la sensualité lorsqu'elle frottait ses doigts sur la plante des pieds. Il n'y avait aucun accompagnement possible de douche, qu'elle soit normale, à jets ou par affusion, ni de bain hydromassant, comme on en trouve normalement dans un centre de thalassothérapie. Cependant, un mignon bouquet de pissenlits et de marguerites ornait la salle de repos, accompagné d'un bol de cenelles et de groseilles très amères que je regrettai aussitôt d'avoir goûtées, car servant sans doute plutôt aux onctions à base de fruits.

Pour ne plus accumuler de mauvais souvenirs autour de notre anniversaire de mariage, nous avons écourté notre séjour et sommes partis vers midi le second jour. Je fis valoir à Gigi ce qui me paraissait être une sorte d'empoisonnement alimentaire pour motiver ce départ prématuré, mais je n'eus pas à insister sur les détails du malaise puisqu'elle disait souffrir elle-même d'une forte migraine.

De retour à la maison, ma femme me fit remarquer que nous n'avions pris aucune photo. Je me suis demandé si elle avait vraiment été dupe de mes tentatives de dissimulation et si elle n'avait pas joué le même jeu que moi, car j'ai remarqué qu'elle n'avait pas rapporté de ces petits savons au lait de chèvre ou à la menthe poivrée comme elle avait l'habitude d'en garder en souvenir à l'occasion de nos évasions passées.

Le couple charmant que nous avions rencontré dans le jardin nous envoya un mot pour nous apprendre que le clapet des toilettes de leur chambre s'était mis à fuir lui aussi pendant leur séjour. On avait dû installer la même mauvaise pièce dans toutes les salles de bain de l'endroit. Accompagnaient ce message solidaire une photo taquine de mon caleçon oublié dans la fenêtre de notre chambre et celle d'un tout petit étang dominé par un angelot au zizi tari, où dormait une eau croupie couverte de mousse. Comment avions-nous pu ne pas voir ce bassin à l'entrée de l'auberge ? Il était pourtant bien visible en première page du dépliant publicitaire avec son jet fièrement jaillissant. C'est dire qu'il nous restait des choses à découvrir. Peut-être alors serions-nous tentés de participer au Congrès mondial des fleurs fanées qui, selon nos correspondants, allait s'y tenir l'année suivante et auquel ils nous conviaient.

L'ovation

Monsieur Beaudoin est de retour de sa campagne électorale, victoire en poche. Tout le monde a suivi les élections à la télévision. Dans une sombre et rapide limousine, le nouvel élu tente de regagner sa résidence de campagne pour s'y reposer une journée ou deux avec sa famille avant de partir en vacances.

Mais dès son arrivée chez lui, on doit le protéger contre le délire de la foule en liesse qui s'est préparée à l'accueillir. Fanfare dans les rues. Bannières de victoire aux façades. Banderoles déployées par certains, drapeaux agités dans toutes les mains. Nuées de confettis. Attroupement de partisans venus de loin et noyés dans une mer d'affiches et de pancartes. En se frayant un passage parmi les paparazzis dans la foule il réussit à atteindre sa maison et s'y enferme.

Dehors cependant, on le réclame à grands cris. Des salves spécialement ordonnées pour la circonstance retentissent toutes les dix minutes. Monsieur se fait désirer. Il apparaît enfin, pâle et fébrile, sur son balcon, avec sa femme et ses deux enfants. Un porte-voix l'attend. On a tout prévu. On veut un discours. Monsieur le député le prononce. Le propos est plat, convenu, bref, énoncé en une langue de bois parfaitement maîtrisée. Quand il a terminé, une dernière salve déchire l'atmosphère. L'ovation est à son comble. Hourvari et hourras ! Les spectateurs lancent des fleurs dans sa direction. Il en attrape quelques-unes au vol tout en saluant la foule pour la remercier de cette émouvante ovation. Des bouquets surgissent de partout et planent au-dessus des têtes. Son balcon en est bientôt couvert.

Quelques minutes plus tard, c'est la panique la plus insensée aux abords de la demeure. Frayeur. Confusion. Cataclysme. Hécatombe. La façade a été pulvérisée. La maison a sauté. Le feu ravage ce qui reste et atteint les bâtiments avoisinants. Des centaines de cadavres gisent dans la rue. Les quatre membres de la famille Beaudoin sont morts sur-le-champ.

Une à une, tels de gigantesques pétards de foire, des grenades cachées dans des bouquets ont secoué l'ovation et explosé en mille gerbes d'étincelles.

Les listes

Pourquoi mon voisin aime-t-il tant faire des listes ? Est-ce une obsession, une nécessité, un plaisir ? Certes, c'est l'activité quotidienne de tout le monde, car qui n'en fait jamais ? Mais à ce point… C'est un véritable « listier », il faudrait inventer le mot pour lui.

Liste de choses à faire, à acheter, à prévoir, liste de messages à écrire, d'appels à effectuer, de projets à court terme, de cadeaux à offrir. Liste de lectures, et à ce sujet il ne manque jamais d'établir à la main une fiche bibliographique pour chaque nouveau livre qui entre dans sa bibliothèque, carton qu'il classe par ordre alphabétique dans un fichier en bois à quatre tiroirs qu'il possède pour ce catalogue. On a eu beau lui dire que ce serait plus simple de faire ces mises à jour sur son ordinateur, il préfère cette méthode à l'ancienne.

Jusque-là, passe encore. Il y ajoute cependant des listes administratives dans lesquelles il met sans cesse à jour l'inventaire détaillé de ses biens à la petite cuiller près, y compris celui de sa pharmacie et de sa garde-robe. Puis des listes événementielles où il note l'anniversaire de toutes les personnes qu'il connaît, de sorte qu'il dissipe ses loisirs en envois de vœux. Il construit aussi des listes lexicales qui consignent les mots dont il ignore le sens quand il lit : les vertus pédagogiques en seraient louables si seulement il se donnait la peine de les chercher dans le dictionnaire, ce qu'il ne fait jamais. Et quoi encore ? Liste de plaisanteries, de dictons, de termes élégants ou honteux ; liste de résolutions, d'événements marquants, de tempêtes intérieures ;

lignes de conduite, alignement de questions laissées sans réponse en vue d'un projet de dictionnaire de soi ; listes de vices dans lesquels il se vautre avec complaisance (et elle est longue, dit-il fièrement) ; liste de connaissances disparues (qu'il rature dans son carnet d'adresses), car c'est un fervent de la nécrologie dans le journal... Liste noire, liste rouge, liste blanche, liste verte (il a un penchant écologiste), elles sont toutes actives et ouvertes, sauf peut-être celle de ses dernières volontés, et encore... À côté d'un petit blason personnel (oui, il compose par touches un tableau évolutif des charmes successifs de ses maîtresses), il tient à jour son chéquier et ses colonnes de dettes avec une grande application. Le spectre de ses listes est ample. Il note tout sur des bouts de papier. La déclaration d'amour y fait bon ménage avec la décrépitude, l'obsession étourdie avec l'autoréflexion la plus lucide. Il prétend qu'elles se chargent tout autant de poésie, de sensualité, de désir, de références culturelles que d'angoisses, de blessures et de rancœurs.

Plusieurs traînent partout chez lui, sur le comptoir de la cuisine, sur sa table de chevet, sur le siège de sa voiture, sur son bureau au travail, s'affichent sur son miroir de la salle de bains ou se dissimulent dans sa poche de chemise. Il ne cache pas sa manie, au contraire, il s'en vante. Pour lui, vivre c'est faire des listes et, d'ailleurs, m'a-t-il déjà fait observer, quand celles-ci s'arrêtent, et avec elles, les projets, rien ne va plus. « Langueur, en anglais, me dit-il, peut justement se traduire par *listlessness*..., révélateur, n'est-ce pas ? »

En bon propriétaire foncier aux mains pleines de pouces, il tient minutieusement un fichier alphabétique d'ouvriers fiables. Il l'alimente en notant les coordonnées qui s'affichent sur les camions dans le voisinage. Plombier, électricien, menuisier, maçon, tapissier, à lui seul ce fichier constitue une liste virtuelle de listes, car elle en engendrera d'autres autour des détails de travaux à faire effectuer.

Il aime encore dresser les listes nominales d'invités pour un repas, pour une réception ou pour une fête. Ce sont les plus mesquines, les plus cruelles chez lui, car il les veut très brèves et sélectives, de sorte qu'elles comportent surtout des exclusions. On ne peut pas recevoir tout le monde en même temps, s'en excuse-t-il, et il se prend à rêver parfois d'être un nabab châtelain qui pourrait le faire. Il faut dire qu'il reçoit avec un formalisme un peu prétentieux. Même pour trois ou quatre convives, il se donne la peine de calligraphier en autant d'exemplaires personnalisés, y compris pour lui-même, le menu de la soirée, qui comporte non seulement l'agencement du repas en sept services, depuis l'apéritif jusqu'au digestif, mais aussi la dénomination ampoulée des plats et des boissons. Il agrémente le tout de dessins en couleurs et y consacre un temps infini. Les invités gardent ses menus en souvenir et rien ne le rend plus triste que de constater que l'un d'entre eux oublie parfois ce petit geste d'appréciation, ce qu'il interprète comme de l'indifférence, voire une insulte. Lui-même place toujours son exemplaire dans un grand cahier de fêtes. Il y colle les étiquettes des vins consommés et y recopie les recettes avec la liste quantifiée des ingrédients et des opérations à effectuer.

Sa passion des listes le conduit à passer des heures au supermarché à lire la composition des produits sur les emballages. C'est qu'il se préoccupe de sa santé. À l'inverse, il ne lit pas ses listes d'épicerie, il les rature plutôt. Plus rarement, il marque chaque ligne d'une croix ou d'un crochet ou, en l'absence de stylo, il barre mentalement en ayant soin d'infliger à la marge de papier une petite déchirure le long des articles au fur et à mesure qu'il les ajoute au panier.

On serait porté à penser que la liste est le domaine réservé de l'univers laborieux au plus ras de l'utilitaire. Pas chez mon voisin qui, même en vacances, fait des listes : de places à voir, d'horaires de train, de choses vues. Programmes et bilans, tout y passe.

Il a constitué tant de listes dans sa vie qu'il pourrait en occuper les cimaises d'un grand musée, prétend-il. Suivant l'exemple d'un écrivain célèbre qui a pu couvrir sa salle de bains de ses fiches et brouillons, il a d'ailleurs tapissé la sienne d'une sélection de listes d'épicerie. Pour lui, c'est un brouillon d'existence, un avant-texte du quotidien, où l'écriture retrouve son tout premier rôle qui était mnémotechnique. Comme ce genre d'écrit est le plus ancien de l'histoire de l'humanité, il croit qu'on devrait le vénérer davantage au lieu de le traiter systématiquement en rebut de l'existence.

Dans la confection de ses listes, surtout celles des emplettes, il éprouve un plaisir particulier à ne pas avoir à respecter l'orthographe ou la grammaire. C'est l'espace de la liberté au sein de la nécessité quotidienne. Il apprécie qu'il n'y ait aucun ordre, le pêle-mêle ayant des vertus bien connues des faiseurs de listes, avance-t-il, en s'en remettant à Giono qui dit dans *La chasse au bonheur*: «J'aime citer pêle-mêle: j'y vois plus clair.»

Il y introduit à l'occasion des mots anglais, comme ça, gratuitement, pour la transgression. Il ne prête pas spécialement attention non plus à la graphie, il écrit vite, d'une façon négligée, en abrégé, pourvu qu'il se comprenne. Il n'a pas non plus d'arguments à craindre ni à construire dans ses listes. Mon voisin vit seul, son amante du moment n'habitant pas avec lui. Dans les familles, souvent la liste de courses comporte plus d'un auteur, chacun pouvant y contribuer avec ses desiderata et ses pattes de mouches. Les débats viennent parfois quand on épluche la liste, dans les allées des supermarchés.

— Pourquoi des chips?

— Non, du poivre, il en reste, c'est pas la peine!

— Des pommes? Ce n'est pas la saison. Je préfère des abricots.

— Cette marque est meilleure.

— C'est trop cher.

Ce qu'on avait pris comme un besoin absolu, voire un ordre discret de l'enfant aux parents ou d'un conjoint à l'autre, finit par se discuter devant les étagères de produits. Un jour, mon voisin a vu une mère et une fillette se disputer vivement autour d'une liste d'épicerie. Jusque-là, il n'en soupçonnait pas le pouvoir de créer des psychodrames. Chez lui, il n'y a jamais de théâtralité autour des listes, si ce n'est la petite rage, quand il rentre chez lui, de constater qu'il a oublié un élément, qu'il doit reporter sur une autre liste. Il s'en console vite, car ainsi s'autoreproduit son activité perpétuelle, inlassable. Ici, jamais d'angoisse de la page blanche.

Cependant, pour quelqu'un d'aussi porté à mettre le monde en listes, il reste mystérieux sur son refus de faire lui-même partie de listes: il ne figure pas dans le bottin téléphonique, insiste sur l'anonymat pour ses dons de charité et décline de participer au répertoire de l'association pour le développement de la mémoire dont il est pourtant membre. Sa seule justification est que sa passion des listes ne doit tout de même pas devenir une maladie.

La crémaillère

Lui : S'oppose aussitôt. Angoissé. Grognon. Dit que fauché, débordé. Travaux de restauration toujours en cours, aménagement pas fini. Cartons encore à ouvrir. Jardin en friche. Chantier partout. Prématuré. Pas prêts. En vacances, après tout. Tant à faire. Ne sait plus où donner de la tête.

Elle : Y tient à cette fête. Depuis le temps qu'ils en parlent. Pour le souvenir. Première maison de campagne ensemble. À célébrer, non ? Après, trop tard. Tous partiront pour l'été et puis dans quelques mois lui sera absent pour un an. Vont comprendre, vieille demeure à restaurer, tout à refaire, vont apprécier charme, pierres couvertes de mousse, grange de guingois, bois délavé, nature, air pur et belle vue.

Lui : Pas d'argent pour traiteur.

Elle : On fera tout soi-même, simplement. Les enfants vont venir nous aider.

Lui : Tu rêves. Aline va se pointer quand tout sera prêt pour piquer sa fourchette dans les plats ; Alain, lui, quand les bars seront fermés, attiré par les éventuelles bouteilles à finir, s'il est encore capable de conduire.

Elle : T'es toujours négatif.

•

Elle : Vite écrire mot d'invitation aux amis. L'envoyer par courriel. Pour samedi 20 juin. Dix jours de délai, ça peut aller.

Lui : Pas assez.

Elle : Suffisant.

Lui : Demander à chacun d'apporter au moins un plat pour alléger la tâche.

Elle : Non, mesquin, plutôt pages de leur cru à lire, photos à montrer ou disques à faire découvrir. Innover un peu.

Lui : Pourquoi faire simple quand on peut faire compliqué.

•

JOUR 9

Elle : Téléphoner aux plus proches. S'assurer de leur disponibilité. Inviter voisins par politesse, les prévenir du futur bruit nocturne. Prévoir quarantaine de personnes.

Lui : Trop.

Elle : Tous ne viendront pas.

Lui : Porter tondeuse à réviser et réparer. Peinture de la cuisine.

Elle : Papier peint du séjour.

Lui : Appeler mère, anniversaire. Envoyer fleurs. R.-V. menuisier pour refaire l'escalier intérieur. Cueillette des fraises des bois. Annuler.

JOUR 8

Préparer le plan de fête en concertation.

Elle : On utilisera le barbecue, sympa, convivial.

Lui : Pas question, c'est moi qui me taperai tout le boulot.

Elle : Ferai des petits fours à la dernière minute.

Lui : Surtout pas. Ne rien envisager de chaud pour éviter d'avoir à servir. Faut être présents aux invités.

Elle : Buffet froid alors à dresser en plein air.

Lui : Et s'il pleut ?

Elle : Acheter tente, table rectangulaire et chaises en plastique pour le jardin.

Lui : Insuffisant, utiliser aussi table de ping-pong sous terrasse couverte, et petite table à part pour boissons. Louer camion pour transporter au dépotoir gravats et bric-à-brac sortis de la grange. Exploration des trésors chez l'antiquaire du coin. Annuler.

JOUR 7

Elle et lui : Acheter tente et le reste. Installer le tout pour tester l'espace.

Elle : Vais sortir mes nappes en dentelles.

Lui : Surtout pas. Serviettes et nappes en papier, assiettes et couverts en plastique. Tout jetable. Pas de vaisselle. R.-V. entreprise d'élagage des arbres. R.-V. plombier pour réparer fuite de fontaine dans le jardin et changer robinetterie salles de bains et cuisine.

Lui : Appeler Bertrand. Annuler jogging avec lui.

JOUR 6

Elle : Acheter fleurs au marché, les planter : géraniums, pensées, bégonias, roses, pétunias, fuchsias, kalankoés.

Lui : Finir vernis porte d'entrée. Piquets de clôture à remplacer. Mesurer, couper, poncer, vernir, clouer. Fer forgé du balcon à brûler et repeindre. Pique-nique dominical au bord du lac avec les Larue. Annuler.

JOUR 5

Elle : Aller acheter robe noire et chaussures à talons.

Lui : Trop chic.

Elle : Veut que ce soit ainsi. On ne pend pas sa crémaillère tous les jours.

Lui : Préfère du relax, shorts et tennis, campagne après tout.

Elle : Pas question. Souhaite montrer collier de perles qu'il lui a offert.

Lui : Préparer une réplique pour les coups de fils de désistement des invités.

Elle : T'es tellement négatif.

Lui : Dit qu'il blaguait. Pensait en fait aux nombreux appels pour les directions. Le prévoir pour bien expliquer.

Elle et lui : Sélectionner quinze abat-jour muraux pour éclairage intérieur. Penser au style de chaque pièce.

Lui : Chercher tondeuse réparée et tondre pelouse, si beau temps. R.-V. réparation des fenêtres et pose de double vitrage dans salles de bains. R.-V. maçon pour devis crépi. Soirée resto en amoureux. Annuler.

JOUR 4

Lui : Tailler arbustes, glycine et haies, si beau temps.

Elle : Laver vitres, dedans, dehors.

Elle et lui : Installer les abat-jour muraux, cacher vilaines ampoules nues.

Elle : Demander à Aline d'assurer au moins reportage vidéo de la soirée.

Lui : Elle oubliera son appareil.

Elle : Peux-tu arrêter d'être pessimiste ? R.-V. vétérinaire pour la chatte Réglisse. R.-V. entrepreneur pour devis conversion de la vieille grange en maisonnette d'amis. Flânerie à la brocante. Annuler.

JOUR 3

Elle : Coiffeur. Frotter argenterie : plats et couverts de service.

Lui : Faire des glaçons d'avance et les accumuler dans des sacs de plastique au congélateur. Finir carrelage salle de bains du bas. Prévoir éclairage dehors. R.-V. électricien pour réparation de deux interrupteurs qui ne marchent pas, entrée et salle de bains, installation éclairage extérieur.

Lui : Cardiologue. Annuler.

Elle : Mammographie. Annuler.

JOUR 2

Elle et lui : Courses, ne pas oublier liste. Demander à Alain de venir au moins aider.

Lui : Aura ses propres courses à faire, ses courses d'autos tamponneuses chaque jeudi, plus importantes.

Elle : N'ai rien entendu. Boissons : prévoir vin dans contenant de trois litres à robinet intégré (pas de bouteilles à ouvrir, chacun peut se servir), jus de fruits, coca-cola, sirop de menthe, thé glacé, eau en bouteilles.

Lui : Acheter et installer un chiffre neuf en bronze sur le portillon de l'entrée pour que les gens trouvent l'endroit. R.-V. charpentier pour remplacement des tuiles et des faîtières cassées du toit, réparation de l'avant-toit et de la frisette en ruine pour sécurité. R.-V. ramonage des deux cheminées à prix d'été. Cirque du Soleil. Annuler. Tenter de revendre les billets à l'entrée.

JOUR 1

Elle et lui : Cuisine, préparation.

Lui : Mousse aux huîtres fumées (Elle : Oublié les huîtres), mousse au saumon alors ; salade de riz au thon, tomates et maïs ; crudités à éplucher, à découper et à placer sur grand plat ; fromages à déballer et répartir sur plateaux.

Elle : Tzatziki (Lui : Non, trop liquide), taboulé alors ; salade de pommes de terre danoise ; carottes râpées aux raisins et câpres ; deux quiches aux épinards ; houmous ; guacamole ; œufs mimosa ; deux pâtés en croûte ; trempette avec crème épaisse. Garder au frais, frigo et cave.

Lui : Desserts. Fruits à mettre en corbeilles ; trois melons à découper en fines portions ; épépiner la pastèque et mouler la chair en billes rouges.

Elle : Tarte aux noix, tarte tatin, gâteau chocolat, choux à la crème. Penser au stationnement de manière rationnelle. R.-V. traitement des poutres contre les parasites. Sortie cinéma en ville. Annuler. Prévoir insomnie.

JOUR 0

Avant-midi. Terminer préparation de nourriture. Voir aux oublis.

Après-midi. Se rappeler R.-V. ouvrier du téléphone : réaménagement des prises existantes et installation de nouvelles dans toute la maison.

Lui : Pain à chercher, à couper, à placer dans corbeilles.

Elle : Balayer entrée.

Lui : Repasser pantalon de soie noire et chemise blanche.

Elle et lui : Douche et toilette. Elle : Maquillage. Lui : Rasage et shampooing.

Elle et lui : Dernière minute. Sortir mets frigo et cave, les placer dans plats de service et les disposer dehors. Entrées et fromages sous tente, desserts sur terrasse, boissons sur petite table supplémentaire à part près de la fontaine.

Lui : Tennis avec Bertrand. Annuler.

Elle et lui : Devant les invités laisser entendre que tout s'est fait tout seul.

•

Bilan du lendemain.

Les enfants facétieux des voisins ont retourné le chiffre de l'entrée en six et plusieurs invités ont eu du mal à repérer l'endroit. Cela explique peut-être que seulement une vingtaine de personnes soient venues.

Tous ont apporté un mets de leur spécialité ou du vin. Il n'y avait plus de place pour mettre la nourriture sur les tables.

Pendant que les premiers invités arrivaient, le matou du voisin, qui avait laissé son odeur partout autour de la maison pour marquer son territoire, a aussitôt engouffré une partie de la mousse au saumon sur la table de la tente. Réglisse, elle, qui adore le fromage, a agrippé le brie.

Le chien qui accompagnait un couple a chassé Réglisse et le chat du voisin toute la soirée : il a mangé à son tour plusieurs tranches de pâté en croûte.

Aline est venue tard avec son compagnon, les mains vides, et a dit que sa caméra était défectueuse. Après plusieurs assiettes et franches libations, ils ont demandé la permission d'aller se coucher dans une des chambres de l'étage alors que la soirée n'était qu'à mi-parcours. Alain a brillé par son absence : il a dû être retenu par les charmes de sa copine.

La portion animation sur la terrasse couverte a été une réussite : lui, a servi le café, elle, distribué les petits chocolats. On y a entendu des textes poétiques, humoristiques et théâtraux, découvert de la musique portugaise et vu des diapos d'Afrique du Sud. Robert, qui avait trop bu, s'est endormi. Sa femme n'a cessé de lui donner de vains coups de coude. L'hôtesse a fini par la lecture, qu'elle a légèrement censurée, d'un texte de son mari portant sur cette crémaillère.

En un crissement de gravier sous les semelles, les invités ont commencé à partir vers une heure du matin en félicitant les nouveaux propriétaires. L'un d'eux a oublié son imper, un autre ses médicaments.

Après qu'ils eurent rangé, lui, vanné et un peu aviné, serra sa femme dans ses bras et lui murmura des mots d'amour à l'oreille. Détente, trêves de tensions, pause des travaux, le temps d'une soirée.

Elle aura eu raison d'insister. Les souvenirs ne seront que dans la tête, mais ils seront bons. Et puis, la crémaillère, c'est maintenant chose faite, n'en parlons plus.

Il y aura encore les ordures à porter au chemin lundi et tous ces merveilleux restes à manger, dont du riz au thon pour au moins une semaine.

Faute d'avoir pu surveiller le dernier ouvrier, ils constateront que les prises téléphoniques sont aux mauvais endroits. Il faudra le faire revenir.

La restauration et l'aménagement de la maison se poursuivront au rythme prévu.

Les travaux de crépi à l'ancienne commenceront lundi et dureront trois bonnes semaines. Mercredi, ils recevront les plans et devis pour la transformation de la grange en maisonnette d'amis, travaux d'envergure qui ne s'amorceront pas avant l'automne et s'étendront sur plusieurs mois.

« Comme nous sommes loin d'en voir le bout, pensa-t-elle au plus secret d'elle-même, nous pendrons la crémaillère de nouveau l'an prochain, et peut-être chaque année par la suite, pour marquer les étapes. Ce sera le début d'une tradition qui laissera de bonnes images aux enfants. »

Pommes de terre Leacock. Recette pour une Vanité moderne

Choisir une douzaine de grosses pommes de terre fondantes préalablement pelées et façonnées en forme et volume d'un œuf ordinaire. Cuire à l'eau salée. Égoutter complètement. Laisser ressuyer. Mettre dans une poêle avec une bonne noisette de beurre. Faire rissoler de belle couleur. Écraser et ajouter une liaison de deux jaunes d'œufs délayés dans un peu de bouillon et un filet de vinaigre. Mettre dans une casserole et en faire une pâte avec de la farine de pommes de terre. Mouiller au besoin d'un coulis de jus ou d'une louche de lait. Piler très longtemps. Battre pour qu'il n'y ait pas de grumeaux. Saler et poivrer. Remuer et tasser ce qui en résulte dans de petits moules à darioles enduits d'un film d'huile. Passer au four quelques minutes. Démouler sur un plat de service, arroser de crème, saupoudrer de parmesan râpé et faire glacer à la salamandre. Établir le tout ainsi préparé sur une planchette. Laisser quelques secondes pour que l'ensemble se place. Aplatir légèrement avec une fourchette sans briser. Ajouter quelques parcelles de suif frais. Déplacer dans un grand moule à flan et tenir couvert sur feu doux, juste le temps nécessaire pour absorber le corps gras. Mélanger hors du feu et former délicatement une purée. Enfourner une minute pour la dessécher. À même le moule, découper des rondelles et former des galettes d'une épaisseur de trois millimètres. Les empiler dans une sauteuse. On doit les obtenir sèches et croquantes. Leur faire acquérir la solidité et la transparence de la corne. Les tailler ensuite en bâtonnets fins et longs, rigoureusement égaux. Les imprégner de lait bouillant additionné d'une partie de crème fraîche. Ajouter une pincée de sel et un soupçon de muscade. Immerger en friteuse, dans une huile bouillante, les allumettes ainsi apprêtées. Le bon degré de réussite se constate si les allumettes montent à la surface. Avec une cuiller trouée, ne recueillir alors que celles qui arrivent à flotter. Garder les restes pour un potage. Une fois desséchés, les restes peuvent se conserver plusieurs années. Il est dans ce cas courant de les accommoder en les râpant de manière à obtenir des grains qui se dégustent sous le nom de riz de pommes de terre.

La nouvelle barbarie

> Le monde est dangereux non à cause de ceux qui font le mal, mais à cause de ceux qui regardent et laissent faire.
>
> EINSTEIN

En ce splendide samedi de juin, c'est matinée de marché dans la petite ville tranquille de Bristeau. Vers onze heures, quand nous y arrivons, ma compagne et moi, il y a beaucoup de monde, au point que nous devons laisser la voiture plus loin pour nous y rendre. La promenade forcée n'est rien d'autre que fort agréable dans cette lumière douce qui enrobe la réalité de sa plus vive transparence.

Sur notre chemin, ce petit bonheur s'assombrit cependant quand nous parvenons à la hauteur d'un colosse dans la vingtaine au teint basané et aux cheveux crépus, en bermuda kaki et tee-shirt noir qui, debout dans la rue près de son scooter à côté d'une voiture garée, est en train d'en insulter le conducteur à tête blanche. Ce dernier y est silencieusement assis avec sa vieille dame endimanchée. Selon toute apparence, le couple vient de se stationner dans un créneau près du trottoir, et il n'y a aucune trace d'accrochage. Tout semble normal. On ne comprend pas ce qui a pu se passer pour justifier une telle altercation. Le jeune caféiné invective le vieillard avec rage en le menaçant du doigt à travers la fenêtre baissée et en le tutoyant impoliment, au point qu'on puisse craindre une agression physique imminente. L'homme âgé, qui paraît surpris de cette réaction excessive, conserve son calme, ne réplique pas et regarde droit devant lui, comme pour éviter la provocation. Il fait mine de l'ignorer et finit par relever sa glace, séparant ainsi la scène en deux mondes provisoirement irréconciliables. Bientôt le costaud, qui semble s'être tranquillisé, s'éloigne en pétaradant, et les septuagénaires quittent le véhicule pour gagner le marché. Ils ont déjà traversé la rue quand le baraqué fait demi-tour sur son scooter, qu'il abandonne tout près d'eux pour revenir à la charge et continuer de les harceler verbalement avec une énergie redoublée. On ne peut alors bien entendre ce qu'il dit, car ses hurlements se brisent en éclats sous les roues du trafic et se perdent dans le brouhaha de la rue. Le couple s'arrête pour lui faire face, cherchant sans doute à s'expliquer avec lui afin de tourner la page sur l'incident, mais le scootériste secoue violemment le frêle vieillard contre le mur d'un immeuble et la petite vieille n'a pas le temps de finir de protester qu'il la frappe d'un vigoureux coup de poing qui l'étend au sol, inconsciente. Il poursuit un moment son pugilat avec le mari qui cherche maladroitement à se défendre, bien en vain.

Bouche bée, nous regardons cette scène de rue avec l'impression d'assister au tournage d'un mauvais film. Nous n'en croyons pas nos yeux. J'entends Mélissa dire : « C'est pas possible ! C'est pas vrai ! Il est en train d'attaquer les vieux ! » La surprise passée, nous réagissons sans réfléchir en nous précipitant vers la scène tout en rugissant de colère. « Espèce de lâche ! » crie Mélissa au risque d'être battue. Comment un homme au gabarit de boxeur peut-il traiter ainsi des aînés sans défense ? Qu'est-ce qui justifie cette violence insensée ? D'autres témoins bientôt s'approchent.

Le jeune acharné s'apaise, commençant peut-être à mesurer ce qu'il vient de faire, mais il prétend que la dame assommée joue la comédie afin qu'il se sente coupable. Le vieux est sonné, dérouté, en larmes, à genoux près de sa femme clouée au trottoir, victime d'une commotion cérébrale. Nous essayons de l'aider, elle reprend conscience, mais elle semble blessée gravement. Elle se plaint de douleurs insupportables à la hanche et est incapable de se relever. C'est plus prudent qu'elle ne bouge pas en attendant les secours.

« Appelez la police et l'ambulance, au moins, au lieu de rester là à ne rien faire », dis-je à la cantonade, excédé de voir ces témoins passifs, réticents à s'investir dans l'affaire. Pendant qu'une ménagère, le cabas sur l'épaule, tourne les talons sous prétexte qu'elle doit aller au marché avant qu'il ne ferme tout en se plaignant du caractère honteux de cette agression, et qu'un Asiatique sans âge prend des photos en silence avec son portable, un homme va prévenir la police dans un café avoisinant. Le jeune furieux retrouve son arrogance et nous bouscule.

« Appelez-la, la police, j'en ai rien à faire », déclame-t-il en se dirigeant vers son scooter pour tenter de s'enfuir. Avec détermination Mélissa se met en travers de son chemin pour l'en empêcher, je m'empresse auprès d'elle pour la soutenir et deux hommes se joignent à nous.

On invite d'autres témoins inertes à réagir, ils viennent bientôt entourer l'enragé. Voyant le nombre contre lui, il cède, et on le ramène auprès de la souffrante allongée sur le trottoir. Il se penche sur elle mais ne sait trop quoi faire. Il sait frapper, mais non aider.

« Il est tellement facile de détruire, alors que construire demande autrement plus de courage. » Je ne m'adresse pas à lui, mais je pense tout haut à ce que le monde d'aujourd'hui offre trop souvent à voir. Il me regarde comme si je débarquais d'une autre planète.

Deux policiers arrivent enfin, mais ne semblent pas prendre la chose très au sérieux. L'un questionne les victimes et l'autre, le jeune agité. Nous en profitons pour témoigner, mais ce dernier prétend que nous inventons et que rien de ce que nous décrivons ne s'est produit. Apathique et mou, le policier hésite à l'arrêter. J'élève la voix pour réclamer justice. Les passions s'avivent. L'insolent me lance en me poussant des deux mains : « Qui t'es, toi ? On t'a rien demandé ! » Il rudoie bientôt un autre témoin qui confirme les événements.

Les secours médicaux se manifestent à leur tour et transportent promptement les deux vieux vers l'urgence.

En cours d'interrogatoire, on apprend de l'écervelé que le vieux lui a fait un bras d'honneur en se garant. C'est la source de la dispute. On n'en croit pas ses oreilles. On sent qu'il pourrait tuer pour une cannette de coca-cola. À court de mots, il en vient vite aux mains, puisque c'est apparemment le seul langage qu'il connaisse. Il piaffe d'impatience, il ne tient pas en place, son regard ne se fixe sur rien et bouge sans cesse. La haine l'habite. Il tutoie tout le monde, malmène indifféremment femmes et hommes qui osent émettre un commentaire. « Pour qui ils se prennent ? »

Son père et sa sœur, qui étaient au marché, surgissent sur les lieux et se mêlent à la scène. Quand on leur raconte ce qui s'est passé, un seul mot leur vient à l'esprit, et ils traitent aussitôt tout le monde de raciste. Mot magique moderne qui réduit les autres au silence et déresponsabilise le fautif, c'est le sésame de l'innocence instantanée, qui semble suffire, à leurs yeux, pour excuser tous les délits insondables que ce survolté peut commettre. Des témoins osent s'en indigner, l'argument est trop facile, rien à voir avec le racisme, l'origine ethnique n'est pas en cause, ce sont des actions très graves en elles-mêmes, peu importe qui les commet, un crime fortement répréhensible, c'est le méfait d'un inadapté, d'un déséquilibré, si on le laisse continuer il ne pourra pas vivre en société, s'agit pas de racisme, une telle brutalité est inacceptable dans un monde civilisé, et qui plus est à l'encontre d'un menu vieillard et d'une dame âgée sans défense, c'est inadmissible de la part de quiconque, elle risque d'être infirme à vie, qui sait si elle n'en mourra pas, qui peut accepter cela ? Et tout ce débordement pour une vétille ? Comment justifier cela ? Racisme ? Non, ça ne passe pas. On ne bâtit pas une société ensemble avec des actes pareils. On le fait par le dialogue, l'échange, la mixité, la convivialité et le respect de certaines règles de base, dont celle d'être de bonne foi. À court d'arguments, le père du forcené essaie ouvertement de soudoyer le policier avec de l'argent. Il pose son geste au vu de tous, sans vergogne. Il a au moins le mérite d'être transparent. Je dis au policier : « Vous n'allez tout de même pas accepter ? » Ce dernier refuse alors le billet tendu, après avoir hésité à le prendre ; sans la présence de la foule il aurait sans doute étouffé l'histoire contre un pot-de-vin. On apprend que le frère du jeune impudent sort à peine de prison. La famille est donc familiarisée avec les entorses à la loi et paraît connaître les combines.

Devant mon insistance, le policier finit par mettre les menottes à l'interpellé, d'abord à une seule main, en lui demandant presque la permission. Le jeune fendant proteste qu'il n'a rien fait, raciste, et qu'il n'est pas nécessaire qu'on lui attache les deux mains, raciste, mais le policier comprend enfin qu'il doit lui passer les menottes aux deux et le faire monter dans la voiture.

Une bande de copains du bravache arrivent bientôt sur les lieux. Quelqu'un a dû les prévenir par portable. Ils sont quatre. L'un est à moto et vient soutenir moralement le jeune fanfaron. Un autre récupère son scooter. Les deux qui restent vont discuter séparément avec les policiers, comme pour ultimement négocier une sortie à cette impasse.

Sans doute à cause du cirque d'yeux qui les entoure, les amis du suspect n'obtiennent rien des forces de l'ordre. Le véhicule de police quitte les lieux avec le délinquant à son bord, laissant sur place l'un des policiers pour faire la circulation. Il doit bientôt appeler du renfort car il se sent débordé par cette tâche.

Pendant ce temps, il fait litière des témoins de l'incident et il ne lui vient pas à l'esprit de recueillir leur nom avant qu'ils ne se dispersent. Je lui pose la question et il m'enjoint de circuler. La circulation, voilà tout ce qui l'intéresse. La décadence, c'est laisser la barbarie s'installer petit à petit en fermant les yeux, lâchement. C'est pécher par excès de confiance, c'est s'illusionner sur la capacité de la civilisation à s'autoréguler, alors qu'elle est en fait si fragile et à la merci d'effritements intérieurs qui la feront s'effondrer si on n'est pas vigilant. Une demi-heure plus tard, deux autres de ses confrères apparaissent pour s'occuper, eux aussi, de la circulation, décrétant ainsi de concert, tacitement, que c'était le plus important de ce qu'ils semblent considérer comme un infime fait divers qu'il faut s'empresser d'enterrer dans la routine. Une fois le flot des voitures rétabli, un grand sec à tête grise s'avise alors de prendre les coordonnées des témoins, mais il est trop tard, tous sont partis, sauf nous, les deux entêtés du litige, qui les embêtons.

Nous devons nous rendre au poste afin de mettre le témoignage par écrit. Un maigre trapu nous y reçoit, mécontent de voir son repas du midi refroidir sur une table dans un coin. Nous l'interrogeons d'emblée sur la protection des témoins, car, de toute évidence, ce délinquant agressif n'hésiterait pas, par vengeance, à venir vandaliser notre propriété et à nous massacrer pour avoir témoigné contre lui. Nous découvrons ce paradoxe du système : les témoins n'ont aucune protection, mais c'est leur devoir de témoigner.

Nous sommes dans une salle dont l'ouverture béante donne sur un couloir qui conduit à l'espace d'incarcération tout à proximité. Le contrevenant y est enfermé dans une cellule isolée à porte pleine. On nous l'a indiquée en entrant comme pour nous convaincre qu'on applique la justice avec fermeté et pour se donner bonne conscience.

Au cours de notre déposition, nous sommes brusquement interrompus par le détenu qui se met à frapper de toutes ses forces dans sa cellule aveugle contre le blindage. Il donne apparemment de violents coups de pied à la porte, au point que les gonds pourraient bien céder sous les secousses. Il vient sans doute d'entendre nos noms, nos coordonnées et le début de notre récit à charge. La peur nous saisit, ne serait-ce qu'à cause du vacarme impressionnant qu'il produit, tant sa sauvagerie est proche de celle d'un fauve en cage. Ce captif est vraiment dangereux.

Le policier lui-même s'en inquiète et appelle à l'aide. On demande au prisonnier d'arrêter ses simagrées. « Je fais ma gymnastique », crie-t-il, en continuant son tapage d'enfer, espérant sans doute perturber ainsi le déroulement de l'enquête.

Le représentant de la justice lève les épaules d'impuissance et ferme la porte du bureau sur nous, ce qu'il aurait dû faire dès le départ pour sauvegarder l'intégrité de notre témoignage, sachant que l'accusé pouvait l'entendre.

Notre déposition se poursuit, mais est bientôt écourtée par le téléphone. Le policier nous remercie par la suite et ne veut pas en savoir davantage. L'absence de remords de l'inculpé après son acte ne fera pas partie non plus du rapport. On apprend alors, dans le sillage du coup de fil, que la vieille transportée en ambulance a le col du fémur fracturé, une blessure qui, nous informera-t-on plus tard, lui aura créé une perte d'autonomie permanente, l'aura contrainte à quitter son domicile pour un foyer et à réviser son pronostic vital, sans parler des séquelles de sa commotion cérébrale : pertes de mémoire, altération de personnalité et insomnie chronique.

Le détenu sera libéré le lendemain au nom de la paix sociale.

Le fauteuil roulant

En costume-cravate sombre, coiffé et brillantiné comme pour une grande sortie, Déodat pousse sur le trottoir un fauteuil roulant vide qu'il fait prudemment zigzaguer au milieu des piétons. Les mains fermement repliées sur les poignées de conduite, il marche avec détermination. Il semble savoir avec exactitude où il va et il est apparemment pressé. À un feu rouge, il applique le frein et vient devant le fauteuil, en plaçant ses jambes contre le repose-pieds, pour vérifier l'état d'une petite cage à chat en osier qui, dissimulée par les panneaux de protection latéraux du fauteuil, est calée au fond du siège.

Au vert, il poursuit sa promenade la tête haute comme reniflant l'air au-dessus des passants. Il parle sans cesse au fauteuil vide pour l'encourager et lui dit qu'il sera bien là où il l'emmène, plus près du ciel. Le couple insolite disparaît bientôt derrière les portes d'un grand édifice.

•

Le lendemain, à l'ouverture des bureaux, on découvre dans l'ascenseur de ce gratte-ciel un fauteuil roulant vide recouvert d'un drap, qui est attaché par une forte chaîne à un poste de télévision fermé, lequel est lui-même enchaîné au pied d'une table sur laquelle il est posé.

On fait aussitôt venir l'escouade antiterroriste. Pendant tout l'avant-midi, on interdit l'accès à l'immeuble, on ausculte le lieu avec des robots ultrasensibles, on passe l'installation au détecteur de bombes, on relève des empreintes, on photographie, on prélève, on analyse, on inventorie, on classe.

Vers midi, après de brèves délibérations, le chef d'escouade profère sa conclusion : « Encore un psychopaque ! » « Oui », opine son second en tremblant d'hésitations à corriger l'erreur de langue de son supérieur, avant d'ajouter avec l'habitude du compromis vite trouvé : « Un psychopaque, c'est pire qu'un simple psychopathe. Ceux-là, on ne peut pas les guérir. » Le chef le regarde estomaqué, sans trop comprendre la nuance.

Une dernière fois

Tout s'est arrangé à partir du moment où j'ai demandé au médecin :

— Je vais vivre ou mourir ?

Il m'a répondu :

— Madame, êtes-vous croyante ?

— Tout juste ! lui ai-je dit, et je ne pratique pas.

Tout s'est arrangé à partir de là.

Je voulais savoir. J'ai su. Le choc. Plus que quelques semaines à vivre. Alors on fait le ménage dans sa vie. On voit ce qui importe. Vivre ou mourir. On liquide ses problèmes. Tout devient plus clair que jamais. On se met en paix avec soi. Vivre ou mourir. Je voulais savoir. J'ai su. J'ai été renversée. Mourir. Êtes-vous croyante ? À quoi sert de croire ? Tout s'est arrangé. Une fois condamné, on a vite fait le tour de sa propre question.

J'avais deux comptes à régler avant d'en venir à la photo de famille. Le premier, c'était avec mon fils. Je désirais lui apprendre qu'il avait eu un petit frère juste avant lui. Je l'ai perdu en bas âge d'une malformation cardiaque. Il s'appelait Philippe. En souvenir de lui nous avons donné le même prénom au garçon qui a suivi. Il y a ainsi eu deux Philippe dans la famille. Je me suis toujours sentie coupable de cette perte. C'est tellement idiot. Je l'ai cachée aux enfants toute ma vie. Je craignais que Philippe ne se perçoive comme une pièce de rechange. Pour la première fois, il y a une semaine, je lui ai tout expliqué. J'en éprouvais le besoin. Il l'a bien pris. Il a même blagué sur les clones. Tout a été facile. En fait, j'aurais dû me délivrer de ce poids bien avant. On se complique tellement l'existence. J'ai décidé de simplifier et de clarifier. J'en suis vraiment soulagée.

Une autre histoire me préoccupait, une histoire liée au mariage de mon neveu Georges. Pourquoi est-ce que mon frère n'a pas voulu qu'on aille célébrer les noces de son fils avec eux ? Pourquoi ? Je n'ai jamais compris. C'est fou, ça ! On n'a pas vu la bru une seule fois en trente ans. Et sur mon insistance, voilà qu'elle est enfin venue me voir. Pourquoi avoir attendu toutes ces années ? Pourquoi ? C'est absurde. Avant de disparaître, je voulais qu'il n'y ait plus de querelles entre nous.

Je souhaitais voir tout le monde pour une dernière fois, pour la photo de groupe. J'ai réussi à l'obtenir quand mon neveu m'a rendu visite avec sa femme. On a donc pu la prendre cette photo, depuis le temps que j'en rêvais. Pour varier les poses, on a changé de positions et de points de vue. Je sais bien que je suis devenue méconnaissable avec trente kilos en moins, la chimio, la perte de cheveux et les médicaments, mais peu importe. Au moins, on était ensemble. On a dû me transporter dans le séjour sur ma chaise percée parce qu'autour de mon lit il n'y avait pas assez de place pour tous. J'étais en jaquette et en chaussons, mais mon aînée m'a mis ma perruque et appliqué du rouge à lèvres pour une dernière coquetterie.

C'est ma petite-fille Rose qui a pris les photos en automatique. Une autre, Émilie, en a tiré plusieurs en grand format. Une troisième, Maggie, en a fait aussi imprimer une dizaine sur un drap blanc et elle les a découpées pour les coudre sur cette couverture grise qu'elle m'a offerte. Original, non ? Elles sont si gentilles. Tout le monde est adorable avec moi. Je n'en reviens pas.

Je préfère être dans mon lit à la maison qu'à l'hôpital. Ça n'a rien à voir. Ah ! Quelle différence ! Ici on s'occupe de moi et on a pu être ensemble aujourd'hui pour Noël. Le vrai bonheur. Là-bas, c'est un théâtre permanent de misère et de souffrance. On se sent comme en exil. Le personnel soignant est débordé. Les soins sont rationnés. Je l'ai constaté dans la salle d'attente dès ma première visite. Chaque cas est évalué pour son degré de gravité. Alors il se produit une réaction étonnante. Les patients sentent le besoin d'exagérer les symptômes pour recevoir rapidement de l'attention. Se plier en deux de douleur ne suffit plus. Il faut se coucher par terre et mimer l'épilepsie. Il faut être à l'article de la mort, avoir le visage en sang, arriver avec sa jambe dans les mains. Il y a une insensibilisation du milieu qui suscite des mises en scène hystériques. Les drogués avec des clous au menton, les vêtements déchirés et les ongles noirs de crasse passent avant les accidentés ou les malades courants. J'ai essayé d'en discuter avec une femme en vert qui poussait un chariot portant l'inscription « Bénévolat ». Elle offrait du café aux patients. C'était notre seule interlocutrice. « Dons acceptés », pouvait-on lire sur deux pancartes accrochées de chaque côté de son chariot. Elle venait de servir un couple de vieux orientaux qui sentaient le riz frit au soja. Un homme bedonnant au visage rouge dans la quarantaine pestait contre la longue attente, il en était à sa quatrième heure. Il arborait un tee-shirt blanc avec en imprimé : « J'aime les femmes chaudes et la bière froide. » La bénévole blâmait les coupures financières irrationnelles au ministère de la Santé.

Quand j'ai été enfin hospitalisée, on m'a fait déshabiller et mettre une jaquette bleue avec des motifs de moutons blancs, on m'a fixé un bracelet d'identité au poignet et on m'a poussée en brancard roulant vers la place trente-deux dans le couloir, près d'une sortie. On m'y a oubliée pendant vingt-quatre heures avant de me conduire à la salle d'opération.

Ensuite, en convalescence de mon intervention aux poumons et avec mon cancer des os, je n'étais pas intéressante. Les infirmières m'ont laissé seule pour prendre ma douche. Sans lunettes, je voyais mal. L'eau était bouillante. Je ne savais pas comment la régler ni la fermer. C'était atroce ! L'enfer ! Je n'arrivais pas à atteindre l'alarme. Le bouton était trop haut pour mon bras droit, que j'ai du mal à bouger. J'étouffais dans la vapeur, au bord de l'inconscience. La panique totale ! Finalement tout s'est arrêté. Je ne sais pas comment. Je ne voyais rien. Je ne sais vraiment pas comment, mais ça s'est arrêté. Je tremblais en en sortant. J'ai aussitôt réussi à atteindre la sonnette avec ma main gauche. Quand l'infirmière est arrivée, il était trop tard. Je n'avais plus besoin d'elle. Les journées étaient longues. Tout commençait à six heures du matin. Ma voisine de chambre allumait sa télévision pour regarder des bêtises. J'étais obligée d'entendre.

Il a fallu m'ajuster et tout réapprendre. Les vêtements à boutons, c'est fini. Je ne peux plus avec ma main droite ankylosée. Fini aussi la robe qu'on passe par-dessus, la perruque s'arrache, il faut un miroir pour la replacer. Les choix sont devenus plus restreints.

Le temps n'existe plus dans la maladie. Une seule vertu compte, la patience. La patience. Il en faut de la patience. On se réfugie dans le souvenir. Comme si c'était tout ce qui nous restait. La mémoire se met à réveiller des scènes qu'on avait complètement oubliées. Je me suis rappelé, par exemple, un jour que j'allais faire des courses. Il pleuvait. On m'avait appris à marcher les fesses serrées. En chemin, un jeune s'est mis à m'imiter. Il se moquait de moi. J'ai ri avec lui et il s'est arrêté. Je suis arrivée au supermarché et j'avais oublié de fermer mon parapluie. Je continuais comme si j'étais dehors. Je ne m'en étais pas aperçu. Les gens se retournaient. On me croyait folle, ou on devait penser que je voulais me faire remarquer. Quelqu'un m'a timidement montré le parapluie du doigt. Je n'ai pas compris tout de suite, puis j'ai vu ce qu'il en ressortait. Quelle étourdie ! Je me sentais gênée. J'ai souri à l'homme et j'ai fermé mon parapluie. Pourquoi est-ce que cet épisode m'est revenu ? Je ne sais pas.

Peut-être parce que j'ai découvert la vérité ces derniers jours. La vérité c'est quoi, hein ? C'est quoi la vérité ? Je l'ai vue soudain avec détachement comme cette scène ridicule dont je me souviens. Eh ! bien la vérité, c'est le corps du malade. Voilà ! On me dit que j'ai repris du poids, que j'ai l'air d'aller mieux, que mes cheveux repoussent, alors j'ai encore de l'espoir. Comme la paix règne enfin dans la famille, j'ai maintenant deux objectifs tout simples : d'abord, me lever et marcher ; ensuite, m'asseoir dans le fauteuil pour fumer une cigarette. C'est tout.

•

La nuit suivante, elle relâchait ses sphincters et s'éteignait.
Georges et sa femme ne vinrent pas aux funérailles.
Philippe partit à l'étranger pour le reste de sa vie.

Clonisation d'un ami

De : Deblois Rosaire
Objet : **Changement d'adresse de courriel**
Date : 28 février 2014 14:29:38 HNE
À : andre.moufflon2@fantazoo.net

Cher(s) Poitevin(s)-Charentais (le curieux pluriel s'impose désormais pour vous désigner, cher(s) ami(s), bien que ce message ressemble ainsi à un début de discours électoral),

Je vous savais complexe, André, mais à ce point, jamais je ne l'aurais soupçonné. Vous me troublez avec votre andre.moufflon1 et votre andre.moufflon2, en plus du andre.moufflon tout court. Il y aurait donc maintenant au moins deux, si ce n'est trois André Moufflon(s) ! Et vous seriez le clone des autres ? Je n'arrive pas à le croire. Qui diable peut bien être le vrai ? Qui a osé vous devancer, quel est le malotru qui a eu le culot de vous damer le pion de l'identité ? Elle est forte celle-là ! Auquel des deux ou trois Moufflon(s) dois-je m'adresser désormais ? Moi qui croyais parler jusqu'ici au seul et unique André, voilà que je dois m'habituer à avoir le n° 2 comme interlocuteur. Est-ce que tous communiquent entre eux ? Suis-je au bon endroit ? Allô ? André Moufflon1 ? Ah ! Je suis chez André Moufflon2... Est-ce que je peux laisser un message au 2 pour le 1, s.v.p. ?

Comment se sent-on, dites-moi vite, quand on devient subitement la copie de soi-même ? Vous ne m'avez jamais confié ces déchirements intimes qui doivent être les vôtres. Y aurait-il donc vraiment, y aurait-il toujours eu un André

Jekyll et un André Hyde ? Est-ce la retraite qui vous a ainsi affligé(s) de ces deux ou trois « moi », un courant, un nouveau et un caduc ? Il y aurait l'André Moufflon1, l'ex-avocat naguère encore actif sur lequel le n° 2, de sa distance oisive, jetterait maintenant un regard attendri et condescendant pour mesurer combien vaines ces anciennes occupations pouvaient être ?

Ou bien est-ce à force de travailler sur vos causes de plagiat, que vous êtes devenu votre propre plagiaire ? Si tel était le cas, la punition serait bien méritée il faut en convenir.

À moins que cet étrange mal ait son origine dans la géographie, puisqu'il y a toujours eu en vous le Poitevin et le Charentais, non ? En plus du Français. Le n° 1 est-il Poitevin et le n° 2 Charentais ? Comment effectuez-vous maintenant les opérations quotidiennes les plus simples comme une réservation de train ? Devez-vous réserver deux ou trois places au cas où l'un des autres Moufflon(s) se pointerait en même temps que vous ?

Mon pauvre ami, comment allez-vous signer vos textes désormais ? Rien d'étonnant à ce que ces malheureux Polonais qui cherchent à vous inviter y perdent leur chinois et ne savent plus sur quel pied danser à votre sujet. Moi qui croyais naïvement que l'âge et l'immense loisir de la retraite, avec la dose de sagesse et de réflexion que ces bonnes choses peuvent comporter me dit-on, appelaient la simplification.

En plus, puisqu'on me dit aussi qu'en informatique il y a toujours un 0 avant le 1, il y aurait ainsi un andré.moufflon0 en plus des trois autres, le plus simpliste de la bande sans doute ? C'est la folie des répliques. Où allons-nous ? Quand va-t-on s'arrêter ? Combien êtes-vous à être le même ?

Priez pour moi, voulez-vous bien (tous), du fond de votre athéisme, priez vos cieux païens pour que je ne voie jamais un rosaire.deblois 1 ou 2 (encore moins un 0...) me présenter son miroir déformant. Je ne voudrais pas pour tout l'or du monde que la retraite me fasse un clone de moi-même ni imposer de telles angoisses identitaires à mes amis. Devant ces craintes, je suis ainsi condamné au travail jusqu'à la fin des temps. Tant pis pour les plus jeunes qui me poussent dans le dos.

Lequel de vous deux ou trois, voire quatre aurai-je le plaisir de voir au prochain Salon du droit? Je serai dans la ville des Ténèbres du 4 au 21 mars, comme un seul homme je vous le promets.

Mes amitiés à vous tous (et du coup je ne sais plus à qui vouer ma fidélité : mesurez-vous les angoisses que vous m'infligez?). Je me félicite maintenant de vous avoir fait envoyer deux exemplaires de mon plus récent livre sur *L'envers du droit*, chacun y trouvera son compte on peut l'espérer. J'en ajouterai deux autres dans les prochains jours, au cas où... pour vous éviter des disputes entre vous.

La géniale invention du docteur Austherr

Depuis une vingtaine d'années, le célèbre professeur Dumontier était le seul à couvrir le domaine des études postcoloniales au Centre des sciences humaines de l'Université Morton. Soutenu surtout par des fonds publics et accessoirement par des donations privées, ce centre était constitué d'une cinquantaine de chercheurs enseignants de diverses disciplines qui assuraient des cours en psychologie, en histoire, en sociologie, en philosophie, en sciences religieuses, en esthétique, ainsi que sur les principales littératures nationales, de la britannique à la française, de la québécoise à l'italienne, etc. L'une des particularités de ce centre, naguère encore très dynamique, était la diversité culturelle, avec des professeurs de formations, d'origines et de mentalités différentes. Au fil des ans, ils avaient cependant réussi à travailler harmonieusement en une cohésion interdisciplinaire hautement fonctionnelle où l'histoire du cinéma américain se mariait à la philosophie allemande et à l'anthropologie des sens.

Or, un jour, l'administration affecta à ce centre un nouveau responsable venu de l'extérieur, Dr Austherr, spécialiste des études bibliques. Ce qu'on appelait jusque-là un coordonnateur devint alors un directeur. On espérait qu'il jetterait un regard neuf sur tout afin de promouvoir chacune des nombreuses disciplines du centre et leur interaction. Tout le monde fondait beaucoup d'espoir sur lui, de sorte que globalement l'enthousiasme dominait à son arrivée.

Dès la première réunion du corps professoral, le style s'affirma. Au lieu des habituels échanges conviviaux autour d'une table ovale où chacun pouvait démocratiquement donner son point de vue, ils eurent droit à un monologue PowerPoint du haut d'un podium, exposé composé de chiffres, de graphiques, de statistiques, de postes budgétaires. À partir de là, leur univers bascula.

Voici des extraits du premier bilan effectué, un an plus tard, par l'administration de l'université dans un rapport confidentiel obtenu par une secrétaire qui y laissa son emploi.

•

« L'administration est relativement satisfaite de cette expérience, la première du genre sur le campus. Le nouveau directeur du Centre des sciences humaines a mis en application une variante personnelle du style de gestion que le monde des affaires appelle la microgestion. Après seulement quelques mois d'exercice, les résultats sont concluants.

L'administration souhaitait un intervenant musclé pour lever les résistances à ses efforts de changement. Dr Austherr a répondu à ses attentes. Son leadership a été la source d'une salutaire remise en question. La tactique initiale du responsable du centre a été de professionnaliser les relations interpersonnelles au sein de l'unité, le précédent “coordonnateur” étant trop familier avec ses collègues. Un peu de formalisme et de recul étaient devenus nécessaires. L'art de la microgestion a ainsi, dès le départ, rétabli une saine hiérarchie puisque, selon cette école de pensée, les employés doivent apprendre qu'il y a un supérieur et qu'ils doivent le respecter.

La mesure concomitante a consisté à épurer toutes les communications par courriel des affects qui habituellement les encombrent. L'impact a été immédiat : douche froide et distanciation, ce qui peut être perçu par les subalternes comme de l'intimidation ainsi que l'a montré l'étude menée par Gehlings et Gröhnert (désormais G & G). Mais le but de cette méthode est de définir clairement la voix autoritaire du groupe. Trop de politesse peut faire croire à une sorte d'égalité militante, ce qui nuit à la mise en place verticale de tout changement.

Les communications se sont ainsi sensiblement améliorées avec les professeurs. Notre agent, le Dr Austherr, a déjà réussi à aplanir les différences culturelles dans ce centre trop hétérogène, l'adoption d'une politique plus déterminée ayant pu atténuer les ambiguïtés liées à ces différences. Comme certains enseignants peu habitués à ce style se sont plaints de recevoir des ordres plutôt que d'être diplomatiquement consultés, quelques ajustements ont permis une meilleure formulation des exigences. Le microgestionnaire, par définition, ne consulte jamais pour ses décisions, ne fait confiance à personne et refuse toute délégation, c'est le nerf de son efficience. Avant, on laissait trop les personnalités individuelles interférer dans les affaires internes, au nom de ce qu'on appelait l'esprit de coopération, ce qui donnait l'impression que les décisions n'étaient jamais centralisées. Le rendement en souffrait. Notre interlocuteur a eu le courage de casser quelques fortes têtes en les convoquant séparément pour un entretien dit “d'explications”. Quelques remarques faites à point nommé en privé ont, dans ce style de gestion, plus d'impact que bien des discours publics. L'étude de G & G a bien montré que de tels apartés vigoureux parvenaient à déstabiliser les employés rebelles, qui ont généralement tendance, dès après le premier échange, à se mettre au pas. Dans ce contexte, toute demande de discussion avec l'autorité doit devenir une plainte et se traduire par une tache noire au dossier du professeur, car il faut couper court aux négociations. On établit ainsi que les doléances ne peuvent jamais constituer une forme de dialogue constructif. Il en résulte l'imposition du respect par la crainte, dont la plus grande est assurément celle de perdre son emploi. Bien sûr, l'administration a eu un petit souci à régler avec une professeure de littérature russe récemment associée au centre, dont la performance a été jugée faible par Dr Austherr. Ce dernier a rapporté une tentative de chantage par les larmes faite par l'employée en question lors d'une altercation robuste en huis clos, suivie d'une procédure pour discrimination et harcèlement professionnel. Elle se prétendait bloquée dans ses projets de recherche et ses subventions de voyages. Elle a même fait intervenir les membres de sa communauté ethnique jusqu'à l'ambassade russe, comme si la population et les gouvernements étrangers avaient droit de regard sur les rouages internes de l'institution. Nous avons mis qui de droit sur l'affaire pour désamorcer cette démarche et nous avons dû, en coopération avec le centre, la remercier de ses bons services. Les manuels concordent là-dessus : il importe toujours, pour l'exemple, de prendre un bouc émissaire qu'on marginalise avec fermeté, la fermeté étant le mot-clé de toutes les attitudes pour susciter la docilité. En outre, renouveler le personnel par des effectifs plus jeunes favorise le contrôle et l'allégeance. Qui plus est, d'après les études de Kreisch et Kindeburg (désormais K & K), tout nouveau leader doit promptement repérer, comme on l'a fait avec cette employée, les triangles dramatiques en place (dits aussi triangles de Karpman) pour en exploiter la dynamique à l'avantage de l'employeur en en discernant les rôles typiques de victimes, persécuteurs et sauveurs. Dans un contexte comme celui de notre institution, ce type de fonctionnement courant, si mal géré, attise les conflits relationnels au travail, encourage le ressentiment et incite au désordre, ce qui mine l'ambiance, affaiblit la performance et augmente l'absentéisme. Pour le confort de tous, K & K insistent sur ce point, il convient d'agir avec vigilance et diligence de manière à profiter de la crise créée par de tels triangles dramatiques afin d'enclencher un changement bénéfique dans le groupe et de corriger l'équilibre des forces aux fins de l'efficience générale.

La microgestion s'attaque directement au cœur du grand problème moderne des entreprises comme la nôtre et qui est la permanence, en en secouant la poussière. D'après la théorie de Heinliche et Bernsdorf (désormais H & B), dont s'inspire le Dr Austherr, cet angle d'approche permet de dire leurs vérités à chacun des employés, pris individuellement, par exemple à un chercheur : que ses nombreux livres et sa ribambelle d'articles valent peu de chose en regard des nouveaux objectifs. Ce genre de blessure narcissique s'intègre, bien sûr, dans une plus vaste stratégie de démoralisation. Diviser pour régner est également, disent encore H & B, une pratique gestionnaire rentable dans le sillage des entretiens “d'explications”, où l'on dresse un employé contre un autre, de sorte qu'on brouille la communication entre eux en créant un climat de suspicion générale et de délation. À cet égard, la technique de la fausse rumeur à l'encontre de tout insoumis s'emploie efficacement pour le discréditer. Il faut aussi renforcer ces mesures disciplinaires par d'autres d'assainissement qui viennent soutenir le message, ajoutent G & G. Ainsi, le centre a fini par supprimer le financement des voyages pour tout le corps enseignant. Comme l'indique le commentaire de H & B, avec Internet pourquoi aurait-on encore besoin de faire du tourisme intellectuel onéreux à l'autre bout du monde, alors qu'on le peut sans frais du bout des doigts grâce à l'Internet ? De plus, tout déplacement doit être préalablement autorisé par écrit quel qu'en soit l'objet, professionnel ou personnel. À cet égard, H & B recommandent de délibérément différer le plus possible toute autorisation aux employés qu'on cible, de manière à créer une atmosphère d'exaspération. Cette étude va même jusqu'à encourager l'instauration d'un système d'inégalités qui privilégie ostentatoirement ceux qui sont au pas au détriment des autres, le but étant de donner des leçons afin de susciter un effet d'entraînement. Un tel système est délicat à mettre en place car il faut éviter les procès pour discrimination, mais le directeur du centre a eu jusqu'ici le doigté nécessaire, y compris avec le syndicat.

Le Dr Austherr a également économisé sur des questions budgétaires plus mineures en limitant drastiquement les photocopies pour encourager les supports numériques : la pédagogie en aurait souffert selon certains griefs d'employés, mais on ne peut pas gagner sur tous les plans. Il a aussi éliminé les fêtes de départ et de fin d'année. Il a de plus retiré tous les téléphones des bureaux individuels pour forcer l'usage du portable personnel. Comme dans l'industrie privée où l'on interdit aux ouvriers de parler entre eux au travail, il a découragé les rapports sociaux et les échanges avec les secrétaires. Ce style de gestion incite le corps enseignant à diminuer sa dépendance envers le secrétariat et à s'autosuffire. Ayant par ailleurs évalué qu'il y avait trop de secrétaires, le directeur s'est promptement débarrassé de l'une d'entre elles et envisage d'en licencier une autre. Il vaut mieux concentrer le pouvoir sur une seule pour s'assurer sa discrétion et sa loyauté. Les professeurs lui ont reproché d'avoir congédié la plus efficace, mais elle l'était justement trop d'après lui, puisqu'elle prenait des initiatives et avait plus de temps libre pour bavarder. Du point de vue du Dr Austherr, converser peut paraître bon pour les relations humaines, mais cela encourage les indiscrétions incontrôlables et fragilise l'autorité. L'important, c'est le contrôle, quitte à laisser croire qu'on promeut l'incompétence. Mais la compétence n'est plus le principal critère. La microgestion entraîne toujours un effet provisoire de désorganisation, et comme l'étude de G & G l'a observé, cet apparent dysfonctionnement conduit à la désaffection accrue des employés. Cela a pour résultat une augmentation des départs volontaires de l'ordre de 30 à 40 %, rendement aligné sur nos objectifs budgétaires.

De tels taux ne s'atteignent, si l'on se fie aux conclusions de H & B, que si l'on y ajoute d'autres pressions pour faire sentir l'impasse, comme le recours systématique à l'injonction paradoxale. Le nouveau directeur du Centre des sciences humaines a bien appliqué cette technique en exigeant des professeurs, à titre d'exemple, des données essentielles que seule la secrétaire possède et à qui il interdit de les leur fournir. L'objectif est d'inciter les employés à la débrouillardise. De plus, il fixe délibérément des objectifs et des délais inatteignables, ce qui contraint à l'erreur et, conséquemment, entraîne un blâme. Comme l'ont analysé H & B, l'effet est de dissuader l'action en rendant toute satisfaction de l'autorité impossible. D'autres manuels le confirment : l'injonction paradoxale crée un climat d'insécurité favorable aux objectifs. Dans le même but, le négativisme s'avère aussi de rigueur. Il faut sans cesse multiplier les mauvaises nouvelles pour décourager et faire fuir. Au surplus, s'il est de mise de contrecarrer la moindre demande de la part d'un employé, il est essentiel de le faire sans que cela passe pour du harcèlement professionnel : si, par exemple, on dénie à X la salle précise qu'il ou elle a exigée pour ses cours, il faut le justifier avec diplomatie en en imputant la décision à une autre instance administrative et en se montrant compréhensif des frustrations et des inconvénients que cette fâcheuse situation entraîne. Ou encore, tout petit cadeau des étudiants accepté par un enseignant (que ce soit une boîte de chocolats ou une carte de remerciement) doit être considéré comme un pot-de-vin et donc une faute professionnelle. Si un employé s'entête à ne pas vouloir signer un document qui le critique ou l'incrimine, il en résulte automatiquement une lettre officielle de réprimande, ce qui l'achemine vers son futur congédiement.

Sur le plan pédagogique, le directeur a orienté cours et programmes des humanités vers le marché pragmatique de l'emploi, loin de la recherche fondamentale et de la culture :

alors, suppression des cours sur la théorie psychanalytique, le scepticisme français, le cinéma et l'éthique, la temporalité littéraire, la poésie comparée, les spéculations esthétiques sur la modernité. Pour attirer plus d'étudiants, la nouvelle programmation offrira des cours pratiques sur la psychologie de l'interview, le rôle du sport d'équipe dans la vie des entreprises, le statut du vélo-partage dans le monde moderne, et sera la moins livresque possible, avec des appoints divertissants inspirés de l'univers de Disney ou de Shrek, ce qui va dans le sens de nos efforts de recrutement.

Ingénieux, notre microgestionnaire a encore condensé les sections de littératures nationales pour les rendre plus faciles à gérer, privilégiant ainsi la qualité sur la quantité, avec moins de cours dans des programmes à petite échelle, des effectifs improductifs réduits et des étudiants sélectionnés avec plus de soin. La section d'histoire, tout particulièrement, a été évaluée par le directeur comme problématique et il l'a efficacement visée. Les chiffres jouaient faussement en sa faveur : les statistiques montraient que c'était la deuxième discipline en importance pour le nombre de ses diplômés au cours des cinq dernières années, après la psychologie. En bonnes dernières de toutes les disciplines, arrivaient les sciences religieuses. Mais ces chiffres ont dû être repris par Dr Austherr, qui n'en accepte aucun sans les réexaminer en profondeur. Le microgestionnaire demande sans cesse des données, des tableaux, des listes ; fait effacer et recommencer, reprendre en deux pages ce qu'il avait exigé en cinq, avant de le vouloir en une. Il mesure, jauge, remesure, jongle avec les nombres. Il s'instaure en maître des chiffres auprès des employés : lui seul a la compétence de les colliger et de les interpréter. Ainsi, son analyse l'a conduit à réaffecter quelques-uns des assistants d'histoire en sciences des religions afin de rééquilibrer les chiffres et de développer cette discipline tout en ramenant la section rivale surgonflée à des proportions plus réalistes. Il a augmenté le minimum d'inscriptions de vingt à quarante étudiants pour les cours de concentration en histoire afin qu'ils soient donnés moins souvent, alors qu'il a abaissé ce plancher à dix pour les sciences religieuses, de manière à les privilégier. Cela a paru une injustice à certains, mais l'égalité des chances ne paraît jamais juste. L'administration a soutenu ces démarches, toujours dans l'esprit de modifier l'équilibre pour s'ajuster aux lois du marché.

Le recours à la microgestion a permis au Dr Austherr d'effectuer des coupures habiles, car il n'était pas question d'éliminer brutalement des disciplines entières, ce qui aurait pu soulever un tollé dans la presse et alerter nos donateurs privés. Notre allié l'a fait d'une manière délicate, d'après une technique militaire qu'il appelle la "sous-marine". Dans ses efforts soutenus pour réduire la section histoire du centre, par exemple, il a bloqué les inscriptions aux cours en obligeant les étudiants à obtenir un permis pour pouvoir s'inscrire sans leur indiquer à qui s'adresser. Cette tactique a fait en sorte qu'il a pu justifier, le moment venu, la compression du programme en question, devenu visiblement peu rentable, et rapatrier une partie des ressources vers les cours jugés plus populaires en sciences religieuses. La microgestion autorise de telles pratiques innovatrices.

La réorganisation d'un centre sous cette forme de gestion n'est jamais facile pour le personnel selon l'étude déjà citée de G & G. Nous nous attendions donc à des problèmes. On nous a bien rapporté quelques cas de dépression nerveuse, mais ils sont isolés, une quinzaine tout au plus sur cinquante employés, et l'administration a accepté tous les congés de maladie qu'on lui a demandés. Notre microgestionnaire est conscient qu'on abuse de ce qu'il appelle "la mode des dépressions" dans la comptabilisation des "dommages collatéraux", mais l'administration respecte ses obligations selon les termes de la convention collective. Une fois la durée des congés respectifs épuisée, les fragilisés ne relèvent plus de la responsabilité de l'Université, et certains ont quitté leur poste, car c'est généralement ce qui se produit selon H & B. Vu les procédures judiciaires en cours à notre encontre, ce rapport ne peut commenter les deux pertes de vie par crise cardiaque que le centre a pu connaître cette année. L'administration maintient fermement que ces mortalités sont attribuables soit au style de vie, soit à la génétique. Un autre incident à regretter est celui du suicide du professeur Dumontier (études postcoloniales), que l'Université s'est empressée de dûment honorer pour services rendus en créant une fondation en son nom pour aider les étudiants de familles éprouvées. L'administration déplore toujours de telles tragédies, mais on ne saurait bien entendu la tenir responsable de ce qui relève de problèmes personnels étrangers à ses entreprises légitimes de rationalisation des coûts. Pour honorer la mémoire du disparu, l'administration a du coup supprimé son poste.

La méthode de la microgestion a ainsi déjà fait ses preuves au Centre des sciences humaines et devrait pouvoir s'appliquer encore plus efficacement à d'autres facultés de notre institution. Dr Austherr a d'ailleurs accepté d'assurer un certain nombre de formations à cet effet. Pour nous protéger dans la mise en œuvre de ces réformes, nous avons décidé de mettre sur pied un comité d'éthique dont les membres seront triés sur le volet. »

Leçon de mots

À une terrasse de café, par une après-midi ensoleillée, alors que j'essayais d'écrire mon journal, je me trouvai intensément attirée par l'interaction de deux hommes, la trentaine et la soixantaine, qui discutaient poésie à côté de moi. Le jeune dominant complimentait à son ami sur son plus récent recueil de poèmes en manuscrit, tout en formulant des réserves sur plusieurs d'entre eux. Le soumis grisonnant écoutait, imperturbable.

Fébrile, échevelé, le premier sortit ensuite un jeu d'épreuves de sa serviette et lut un poème à voix forte. D'un auteur inconnu. Sur la vitesse. Puis s'exclama : « Puissant, n'est-ce pas ? » Le vieux poète semblait médusé.

— Toi, dit le guide littéraire, tu te poses en héros de la conscience. Trop de lucidité. Faut vibrer à l'intransitif.

Son portable sonna, il prit l'appel.

C'était apparemment son secrétaire avec qui il s'appliqua à corriger au téléphone ce qui semblait être un de ses propres textes. « Enlève “grand homme”, c'est banal… Il faut remplacer “ses œuvres” par “ses écrits”… Changeons “Souffrances” pour “soucis”, il n'a pas souffert. Oui, je sais bien, mais on a tous une langue de bois, on n'y peut rien. »

Il raccrocha. Comme pour garder contenance, il se réfugia dans une tirade philosophique : « Pour ne pas exécrer le monde, il faut accepter de mourir un peu. C'est le prix à payer. »

Le dominé semblait en savoir quelque chose.

Puis, agité, regardant l'heure, le maître des mots s'excusa, il devait partir. Il demanda au poète de régler l'addition, il avait laissé son portefeuille dans la voiture. En partant, il l'invita à lui renvoyer son manuscrit révisé : « Merci pour ce bon moment ! »

Pensif, le solitaire feuilleta son recueil, puis le rangea.

Il leva les yeux sur moi. Je lui souris.

Son visage soudain s'illumina.

À voix basse

Je suis une écouteuse maniaque et j'aimerais un jour raconter ma vie par le seul moyen des sons. Il en résulterait assurément un récit inouï. J'aimerais suivre l'oreille depuis ses moments les plus primitifs quand la conscience s'est éveillée dans le pépiement de l'être en proie au cogito, quand elle a intériorisé l'éducation syllabe après syllabe à travers les dictées familiales et sociales, quand elle s'est faite hypocondriaque en s'attardant aux bruits symptomatiques du corps fragile, au sifflement des bronches, aux bourdonnements du sang dans les artères, aux borborygmes du ventre en travail, à l'aboi discord et rentré des étouffements, au craquement d'os des membres. En vieillissant, cette oreille de la vie enregistre de plus en plus aussi, ipso facto, les sournoises rumeurs de la mort, son avancée pulsée inexorable. Elle continue de me brancher, certes, sur les sensualités vitales qui palpitent toujours en moi, mais elle le fait davantage en me donnant un avant-goût des complaintes valétudinaires et des soupirs déchirants de l'agonie. À cette écoute intérieure si capitale dans la construction de soi, s'ajoute celle qui s'oriente vers l'extérieur, vers le monde et vers les autres, et sur laquelle mon récit devra plutôt insister.

La maturité m'a construit une ouïe particulière, une ouïe que j'appelle crépusculaire. En elle se rassemblent tous les contraires, en elle se résolvent tous les conflits, en elle se développe un modèle de synthèse et d'harmonie qui me paraît constituer une excellente base pour asseoir un récit de vie.

Une ouïe crépusculaire, qu'est-ce à dire? Je crains de devoir recourir à un phénomène visuel pour pouvoir mieux la définir.

Une première grande consolation face au problème de la vie, c'est en effet la beauté captivante du crépuscule. Rien que pour ce moment, je considère qu'il vaut la peine de continuer à vivre. Chaque crépuscule est, pour moi, un instant critique, un point sensible, une heure équivoque, certes crispée, mais aussi grandiose. Que ce soit sur le plan diurne, au moment où le jour s'affirme et se défait dans la nuit, ou saisonnier, avec le déclin du soleil à l'automne quand meurent les flamboyances et les pyrotechnies de l'été, c'est une brève période de synthèse où une déchirure se manifeste en même temps qu'une vie suprêmement s'exalte. C'est une sorte d'orgasme lumineux, à la fois victoire et défaite, un sommet atteint et l'imminente extinction d'un feu où volupté et douleur coïncident parfaitement. Moment d'hésitation, d'inquiétude assurément aussi, qui me fait redouter l'envahissement des ténèbres, la noyade dans l'encre noire de la nuit où le monde extérieur va sombrer dans l'indistinction et regagner un état régressif, mais où j'assiste également à son euphémisation éclairante, où la lumière garde encore son pouvoir d'architecte et conjure les ténèbres avant de me proposer un autre mode d'être. Le crépuscule dit assurément une blessure et un sacrifice mais surtout il incarne une métamorphose splendide.

Le moment vespéral, pour moi, ne signifie donc pas seulement une disparition: c'est plutôt idéalement la minute paradoxale où, frôlé par la catastrophe sous la charge silencieuse des nuages vers les barrières de l'horizon, galvanisé par le néant, l'être dont le sort se joue doit aussitôt consentir à s'illuminer de tous ses feux. La mort y est également fête. En une symphonie de flammes et d'ombres, un affaissement coïncide avec un triomphe, une vie y agonise en même temps qu'elle se manifeste de toutes ses forces proclamées.

La course solaire achève sa frénésie dans une explosion rutilante, dans une culmination d'énergies. Cendres et brasier échangent ici leurs lueurs et leurs mystères. Glorieuse incandescence d'un être suprêmement avivé au moment précis où il va se refroidir. Pendant qu'une lutte se poursuit dans le ciel, un instant de paix sur la terre s'établit, un lac de calme extase reflète un combat de couleurs sanglant. Le crépuscule est un moment unique de tensions multiples, de jeux antagonistes. Il installe un climat de vie dans la mort où la négativité est aussi célébration, où un épuisement se transforme en apogée. Si je pouvais me définir comme un être crépusculaire, je serais satisfaite et j'aurais fait le tour de ma propre question.

Qu'est-ce alors qu'une ouïe crépusculaire ? C'est une ouïe qui conjugue les contraires à l'image du couchant, qui en intègre tout le drame et toute l'harmonie.

J'aime par-dessus tout le crépuscule pour la cénesthésie qu'il fomente, non seulement pour l'orgie visuelle qu'il provoque mais aussi pour la vie aromatique qu'il développe, mais encore et surtout pour l'essor qu'y prend le monde auditif. Quand ainsi la réalité ne se manifeste plus que par ondes sonores, l'univers s'enveloppe d'un caractère mystérieux et même dramatique. Il prend plus de sens. Avec la montée des ténèbres, l'œil devient incompétent et cède la place à l'oreille, sens nocturne par excellence. Alors tout du dehors me semble apparaître par le biais de ce que j'appelle mes bruits noirs. À leurs vibrations, l'émotion s'anime. Les grands moments de ma vie se résument en de tels bruits noirs et leurs multiples étages connotatifs. Hurlements d'un père, larmes d'une mère, hululements enfantins, disputes de voisins, plaintes ou soupirs d'amoureux, cris d'extase, hystérie des manèges de foire, couinements obscurs, miaulements, aboiements insomniaques, fulgurants tutti orchestraux d'une tempête, souffles aigus du vent dans les fenêtres, clous d'une charpente qui craquent dans le froid, corne des navires dans la brume, rires ivres de la rue, voix chuchotant dans l'obscurité, claquements de pas suspects, voilà quelques-uns des sons qui ont pu solliciter ma mémoire, ou jouer un rôle dans ma formation, ou auxquels je réagis par l'écriture au cours de mes veilles solitaires et que je consigne soigneusement dans mes « capitulaires » où je note les instants de ma vie sonore. J'ai eu une vie plus bruissante, voire plus bruyante que brillante, ce qui a fait de moi une écouteuse avertie.

Des êtres que j'ai pu croiser tout au long des années, je ne retiens avant tout que leur aura acoustique. J'en décrirai plusieurs dans mon récit, comme celui qui aiguisait des scies chaque soir au grand désespoir de tout un quartier, celui qui finissait toutes ses phrases par « et tout, et tout » prononcé très vite. Le plus pathétique est sans doute ce parent vétéran qui avait lancé une grenade dans un hôpital en pensant qu'il s'agissait d'un repère d'ennemis. Toute sa vie après la guerre, il s'en sentira coupable et fera des cauchemars bruyants en lançant son dentier contre le mur. On a tout essayé pour lui faire perdre cette habitude, mais rien n'y fit et on dut se résigner à lui procurer des provisions de dents artificielles. Son existence s'est réduite à un vacarme explosif perpétuel dans sa tête. Pour évoquer tel passage capital de ma vie, seuls des sons me reviennent : le bruit de l'avion de Laurent, mon ex-fiancé, quand il passait très bas au-dessus de chez moi pour me saluer et que je confonds depuis dans mes hantises avec celui de son écrasement.

Du plus loin que je me souvienne, mon sens auditif a même toujours exercé son développement singulier à recueillir les voix et les musiques dérivant dans l'espace : modulations éparses, restes d'harmonies, fragments de phrases, poussières de mots, tout un univers vibrant que l'air véhicule et que mon oreille, peut-être anormalement conformée, peut capter. Le son me semble alors avoir une existence éternelle. Il manifeste une sorte de vie dans la mort à l'image du crépuscule, puisqu'il peut continuer à vibrer en buissons éparpillés, flotter comme des résidus volatils en suspension dont l'agonie se prolonge. Dans le récit de ma vie sonore je raconterai certaines de ces captations parmi celles qui m'ont marquée: comment, par exemple, j'ai pu décrypter et désamorcer un scénario criminel qui se complotait près de chez moi, en saisissant des conversations radio qui me parvenaient à travers la boîte murale de ma sonnette de porte. Personne ne me croit là-dessus, et pourtant c'est réellement arrivé.

J'aime aussi entendre retentir les cloches, même si je ne suis absolument pas religieuse. Point n'est besoin d'être pieuse ni de croire en Dieu pour être amateur de cloches et j'ai toujours vécu à l'écoute des récitals de carillons et des arias de glas. Parole même du minéral aérisé, la vibration continue et vaguée de la cloche a pour effet de disposer mon esprit à une élévation spirituelle autant que de me ramener à la matérialité la plus domestique. Dans ma culture, les cloches règlent la vie quotidienne en parlant le vocabulaire élémentaire des masses: naissances, mariages, lever, manger, dormir, prier, nuit, jour. Noires, glaciales, elles accompagnent aussi la mort en scandant quelque marche funèbre. Ces temps-ci, le glas résonne chaque jour à la cathédrale: la population ayant vieilli ces dernières années, la fournée des morts a augmenté de façon sensible. Je n'ai point besoin de lire les nécrologies ou d'attendre les recensements gouvernementaux: mon tympan me tient des statistiques lugubres sans cesse mises à jour. Les cloches me disent tout du monde qui m'entoure, des foules vivant, besognant et mourant à leur cadence.

Du caractère musical du carillon à mon type favori de volatilisation sonore, l'art musical, il n'y a qu'un pas. Dès mon plus jeune âge, j'ai fréquenté le conservatoire où j'apprenais le violoncelle et le pratiquais avec passion. La musique pour moi est elle aussi un art crépusculaire en ce sens qu'elle est essentiellement équivoque dans sa signification et qu'elle cherche à harmoniser les contraires.

La grande musique élève tout en abolissant. Sa perception débouche sur une joie extatique très intense où l'être est comme désorbité du corps, de sorte qu'il m'est arrivé de rester prostrée pendant des heures à la suite de certaines exécutions pourtant soulevantes. La musique jaillit en dégonflant, elle creuse le ciel disait un poète, j'ajouterais qu'elle le crève. Elle peut arriver à dominer celui qu'elle libère, à atterrer celui qu'elle transporte. C'est son effet d'envoûtement, son effet de sortilège. Aussi y a-t-il un enfer musical dont la peinture a su rendre compte, un monde trop « lumineux » dont il me faut parfois éviter la fréquentation, car j'y risque une intoxication. J'associe d'ailleurs souvent la musique à la fureur liquide qui déracine, emporte, déchire et laisse pantois au bord de la consternation. Elle me soulève comme un torrent, et me rabat tel un raz de marée. C'est ainsi qu'un soir alors que j'écoutais une symphonie en roulant, je me suis égarée. Je me suis alors arrêtée au beau milieu d'une route pour en savourer la fin, mais une voiture a percuté la mienne par-derrière et je me suis retrouvée à l'hôpital.

Si elle s'avère parfois dangereuse comme la vague, une telle force n'en reste pas moins fascinante, sublimante. La meilleure musique, pour moi, est celle qui parvient à réaliser une sorte d'heureux équilibre. J'aime, en particulier, la musique sacrée qui me constitue une manière de religion. Or, cet art qui a des vertus vitalisantes est pourtant orienté, dans ses contraintes internes, vers la mort. En cela, c'est bien un art crépusculaire. Je goûte surtout la polyphonie médiévale pour son énergie, laquelle est inséparable de son caractère funèbre et j'aime aussi Palestrina ou encore Jean-Sébastien Bach dont le chromatisme, qui traduit vivacité et douleur à la fois, s'associe à l'idée de vie dans la mort.

En mêlant le profane au sacré, je cherche encore des éclaircissements du côté des musiques populaires : j'apprécie les cacophonies des foires, les fanfares encanaillantes, les défilés de fêtes où les grosses caisses s'associent aux cornemuses et les gongs aux couvercles. Le son possède à mes oreilles un pouvoir de saccage et de révolte, mais également d'affirmation et de renouvellement. Il modèle le moi, il change la vie, il sert de gué existentiel et accompagne les grandes métamorphoses. Par exemple, à côté des solennelles trompettes thébaines et des hymnes majeurs des flûtes orphiques qui célèbrent la hauteur, j'affectionne toutes musiques agonisantes, comme l'orgue de Barbarie avec ses airs démodés, les pianos mécaniques et les accordéons nostalgiques avec leurs mélodies rampantes, ou encore les valses chavirantes, certains chants liturgiques de castrats, telle vieille musique en décomposition sous la pluie. Si j'étais compositeur, je créerais des mélodies qui combineraient tous ces éléments en une synthèse crépusculaire qui révolutionnerait la musique. Or, ces manifestations musicales ont sans cesse ponctué ma vie de moments déterminants: d'angoisse, d'exaltation, de grâce, de choix, d'échec, de rupture, de retrouvailles.

Mais plus que tout, le violoncelle et la mer ont toujours eu de quoi me mettre en état de désir, voire de surexcitation. La mer, c'est l'amour, mais le violoncelle aussi. Par leur connotation virile et féminine conjointe, point de mariage volatil plus parfait à mes oreilles que l'incantation masculine des vagues, bien qu'également féminines dans leur souplesse, incantation associée au lamento grave et mâle, quoique féminoïde tout autant dans sa forme, du violoncelle. Un tel instrument qui mêle son timbre et sa rythmique à ceux de la masse d'eau qui se soulève et se rabaisse devient alors bien, pour moi, une sorte de métaérotique insurpassable qui m'a conduite à chacun des sommets de ma vie affective. Combien, par exemple, j'aime faire expirer mon amant de plaisir en écoutant une plage en *la* majeur près de la mer, le tout mélangé à notre dièse extatique produit de concert! Rien que ces passages de mes « capitulaires » feront frémir quand je les dévoilerai dans le récit de ma vie sonore.

La musique à elle seule est la manifestation la plus capitale de cette harmonisation des contraires autour de laquelle s'articulent toutes mes recherches intérieures et toute mon existence. Elle me fournit un modèle sur lequel je fonde mon art de soi. Aussi veux-je sans cesse en retrouver la tension harmonisante et synthétique dans chaque phénomène sensible. Voilà pourquoi je mobilise sans cesse tous mes sens pour qu'ils se mettent eux aussi à l'écoute, car j'entends autant avec mon odorat, mon palais ou mon toucher qu'avec mes yeux. Voilà aussi pourquoi le récit de ma vie sonore ne peut pas être celui d'une vie tronquée : au contraire, le registre auditif la résume tout entière.

Ainsi de tous les sons qui m'intéressent et qui modulent ma vie, je note avec fébrilité dans mes carnets toutes les nuances de l'air parlant. Une voix humaine grêle devient souvent pour moi rugueuse comme un gant de crin ; une gorge grinçante exhale aussitôt le métal rouillé ; est-elle agressive, imprécatoire, ma peau se hérisse sur-le-champ ; alors que des chuchotements de quelque mezzo voce intime et crépusculaire d'une chambre à coucher émanent invariablement un agréable parfum carné, des salivations généreuses et des sensations de douceurs caressantes.

Je l'ai dit, je suis une écouteuse maniaque, mais je sais aussi me faire entendre bien qu'à voix basse toujours. Le récit de ma vie sonore devrait le démontrer. À bon entendeur, salut !

Hétéroportrait d'un écrivain

Peu avant sa disparition, l'écrivain Serge Gravier semble avoir emporté avec lui ou détruit ses manuscrits inachevés. Cependant, on a retrouvé quelques documents que nous rassemblons ici, car ils donnent une autre image de cet auteur méconnu. Dans une note, il dit que chaque vie est un inventaire d'objets, une collection d'expériences, un fichier d'images, un dictionnaire de connotations, une bibliothèque, bref une encyclopédie.

PROJETS ABANDONNÉS DE SERGE GRAVIER

Pour moi, un être humain se définit autant par ce qu'il ne fait pas que parce ce qu'il fait, c'est-à-dire par ses désirs qui restent désirs ou qui meurent sans être satisfaits. Le projet abandonné constitue ainsi le lieu même de la virtualité. En lui se lisent les enthousiasmes d'un moment, des éléments d'une évolution personnelle, des indications sur un passé. Mépriser la valeur du projet abandonné ou sa signification équivaut à prétendre que le négatif d'une photo est moins important que l'épreuve finie. Le projet, c'est le négatif de l'existence. Chacun peut faire son relevé d'abandons, ce qui constitue un bon exercice spirituel, mais cela semble être tout de même lié à la fin de vie, au moment des bilans. Voici ma liste d'abandons :

- Pour une rhétorique de la personne : anthologie d'autoportraits littéraires modernes d'Akutagawa à Burgess.
- Une série d'études sur la correspondance des arts et de la littérature : comparer les dessins de Gustave Doré et

les écrits de Huysmans; mettre en regard l'œuvre de Rodolphe Bresdin et l'esprit d'un Des Esseintes; confronter Redon et Villiers de L'Isle-Adam; Nerval et Gustave Moreau, ou Munch et Verhaeren, obsédés des campagnes hallucinées, ou Chagall et Reverdy, avec leur penchant pour l'enfance et le merveilleux.

- Un voyage en jeep en Amérique du Sud.
- L'esthétique de la bêtise en littérature.
- Apologie de Wackenroder, poète allemand mort à vingt-cinq ans.
- Tenir un journal intime régulièrement.
- La religion, la croyance.
- Étude impressionniste de la musique de Chabrier.
- Ma collection de timbres.
- Un ouvrage sur la conception de l'individu chez Wilhelm Dilthey.
- La carrière de biologiste.
- Renouveler l'art dramatique en m'inspirant des k'iu chinois («poèmes dramatiques à chanter») de Kouan Han-K'ing ainsi que de l'esthétique dramatiste du mouvement lancé par Barzun en 1912.
- Le piano, la flûte et la sculpture.
- Un livre sur le thème de l'œil en peinture, dont le belge Maxime van de Woestijne dans son *Autoportrait* si fascinant; thème associé aux motifs de l'aveugle, du roi borgne, du pirate, du barde, de l'œil qui écoute si cher à Claudel.
- L'esprit de sérieux.
- Le suicide.

SON AUTOBIOGRAPHIE SOLUBLE EN CINQUANTE SUBSTANTIFS

Amitié, Analogie, Anxiété, Art, Beauté, Champagne, Charme, Complexité, Crépuscule, Désert, Eau, Efficacité, Émotion, Espoir, Excès, Exploration, Féminité, Foule, Fragilité, Froid, Hédonisme, Indépendance, Infini, Innovation,

Insomnie, Intensité, Italianité, Lenteur, Liberté, Lumière, Nuit, Ordre, Orgueil, Passion, Perfectionnisme, Plaisir, Printemps, Rêverie, Révolte, Sens, Sensibilité, Silence, Solitude, Sourire, Synthèse, Timidité, Travail, Urbanité, Universalité, Voyage.

Son portrait chinois

Si j'étais un pays, qu'est-ce que ce serait ? Ce serait ailleurs.

Si j'étais une fleur ? Ce serait un flocon de neige.

Si j'étais un parfum ? Ce serait celui de la mer.

Si j'étais un goût ? Ce serait celui de la crème de marron vanillée.

Si j'étais un rêve ? Ce serait un chef-d'œuvre littéraire.

Si j'étais un geste ? Ce serait l'habitude.

Si j'étais un mort ? Ce serait Sartre.

Si j'étais un don ? Ce serait l'omniprésence.

Si j'étais un défaut ? Ce serait la dispersion.

Si j'étais un auteur ? Ce serait Calvino.

Si j'étais une occupation ? Ce serait éprouver.

Si j'étais un cogito ? Ce serait assis dans le caniveau par beau temps sec à manger goulûment de la lumière.

Si j'étais un souvenir d'école ? Ce serait le baiser de ma belle maîtresse à l'âge de onze ans en pleine classe, premier émoi érotique.

Ses objets fétiches

Réveils. Un réveil de voyages qui ne marche plus, protégé par une carapace verte, très résistante. Je n'arrive pas à le jeter et ne sais où le mettre. C'est devenu un objet de musée. Je le garde parce qu'il a servi à de nombreux réveils sur une trentaine d'années. Ma mère me l'a offert quand j'ai quitté la maison familiale. D'autres l'ont suivi, la plupart numériques et fragiles. J'emploie les réveils surtout, voire essentiellement, quand je voyage. Choc de la modernité pragmatique, ils sont remplacés par le téléphone portable.

Montres. Collection de fausses marques, Rolex et Cartier, négociées durement au Moyen-Orient et dans les rues de New York. Pour la séduction, rien d'autre. Le mobile ne réussit pas à remplir ce rôle pour moi. J'ai toujours une montre au poignet, peu importe si cela fait vieux jeu ou pas, mais avec l'âge, les marques m'indiffèrent. Élégance et discrétion me suffisent.

Stylos. Un stylo quatre couleurs en permanence dans ma poche de chemise pour les notes sauvages ; afin de pouvoir écrire dans le noir, stylo lumineux aux spectacles et sur chacune des tables de nuit des chambres où j'essaie de dormir. Je prends des notes sur tout, et tant, qu'elles ne me serviront jamais à rien.

Valises. Ma vie, mon instabilité et ma détresse ; parfois, elles restent ouvertes au sol, le temps de défaire mes bagages et de les refaire pour le prochain départ ; il y en a toujours une en réparation, car je préfère conserver que consommer.

Presse-papiers. En verre, en bronze, en marbre, en mica, en pierre, en onyx, ils sont présents sur tous mes bureaux, car il y a souvent un ventilateur en marche ou une fenêtre ouverte.

Machines à écrire. Sous la poussière, j'ai une vieille Royal, une Smith Corona et une Olivetti, qui ont précédé les divers ordinateurs que j'ai tous gardés même si je ne les utilise plus. Elles m'aident à réfléchir sur la construction de soi à travers les objets. Je rêve d'une autobiographie intellectuelle par mes machines.

Boîtes. Reliquaires, coffrets, écrins, pour l'amour des belles petites choses.

Créations artisanales et design astucieux, fruits d'un esprit innovateur : ces objets me fascinent autant que les textes non conventionnels. Je les repère dans les brocantes et les achète sans besoin. Coupe à bonbons plate constituée de spirales en bois qui se creusent quand on la retourne (invention canadienne) ; nécessaire de pique-nique compact incorporant dans le manche un décapsuleur, une fourchette, un couteau et une cuiller (de Hongrie) ; cintre en bois pliant qui fait brosse et chausse-pied (d'Allemagne) ; jeu de cuillers droites à long manche creux en inox qui servent aussi de pailles pour les longs drinks (danois). Mais j'aime aussi les objets fantaisistes inutiles de Carelman, son *Catalogue d'objets introuvables* est une merveille.

Ses dilections et refus

J'aime la porcelaine fine anglaise disparate, l'argenterie (y compris la polir), le cristal taillé ancien, la verrerie, les carafes (je les collectionne), les sous-plats ingénieux, les lustres, les boîtes Tupperware (invention géniale), la dentelle, les broderies, la sculpture, le coton, la soie, repasser, enlever les taches (j'en suis expert car j'en fais beaucoup), restaurer un objet abîmé, le whisky single malt, le langres, l'époisses, le cheddar Perron, les roses de couleur rose (eh oui ! comme la glace à la vanille !), les artichauts, les salsifis, les pâtissons, les rutabagas, les bières de microbrasseries, le champagne, le Saint-Émilion Grand cru, le vin de noix maison, le parfum des lys et du chèvrefeuille, marcher au bord de l'eau ou à la montagne, les pèse-lettres pour éviter les queues à la poste, les oreillers de duvet et les coussins fermes, les petits vases en terre cuite, les frigos anciens, les vieux presse-agrumes, les cafetières Bodum, le kir, les fiches et les carnets, les dictionnaires, les copeaux de bois, l'odeur du bois, les tailleurs féminins, les robes et les talons hauts, etc. J'incarne sans doute un goût d'une autre ère, il est temps que je disparaisse.

Je n'aime pas les shorts, le sucre, la campagne, les femmes très sportives, peindre et vernir, les files d'attente, les murs vides, être en maillot de bain, les plages, les saucisses, les pantoufles, porter une alliance, faire les premiers pas, les personnes bruyantes qui parlent fort et claquent les portes, les mendiants, les bornés, les arrogants, les autoritaires, les maladroits, les parasites, la violence, la fumée, les langues de bois, l'encre mauve, les limites de bagages, les discothèques, les plafonniers, les babouches, Disneyland, les avares, les voitures, les femmes qui portent une bague au pouce, les calendriers français, les clans, le copinage, les fast-foods, qu'on médise des absents, etc. Ce pourquoi je suis si critique de notre époque, bien que ce soit aussi mon rôle en tant qu'écrivain.

J'aime les listes, les inventaires, part d'un art de soi, comme les notes de lectures, observations et réflexions, le relevé des activités quotidiennes, que les Anciens nommaient *hypomnemata*. Un livre que je relis souvent: *Notes de chevet* de Sei Shōnagon. Encore une lecture dépassée me diront les ruminants de gommes qui se décervellent devant des consoles de jeux vidéo.

La critique qu'il n'a jamais eue

Ci-gît

Monsieur Serge Gravier

Scribouilleur de langue française, né et mort en Scribouillande, indomptable paresseux, grand dormeur et anxieux, actif contemplatif, amateur d'idées fixes et caractériel fini, incompris de ses contemporains, bien compris de ses médecins, il a dû s'expatrier en pensant faire l'original, imitant ainsi dans son exil bon nombre d'écrivains qui, d'Ovide à Nabokov, ont traversé l'histoire en terre étrangère.

Il a mené une vie étriquée qu'il a vouée simplement à la littérature en croyant, le pauvre, que c'était une valeur sûre et il a, par conséquent, usé ses ongles à gratter les malheureux petits dessous de la condition humaine, comme s'il était essentiel de chercher à y comprendre quelque chose.

Il eût aimé que son œuvre fût toute de pénétration, de finesse, de compassion, de révolte, d'élégance et d'invention, mais aussi d'une exigence peu commune. Il eût souhaité être un interprète décisif du monde de sorte que son Message continuât de retentir dans les siècles à venir en faisant vibrer les masses.

Il nous a quittés en emportant ses rêves avec lui, ce qui était sans doute le meilleur de lui-même. Le monde ne le regrettera pas car, irrémédiablement, il restera le même avec ou sans lui.

Les rues de sa vie

Rue Brouillard

Lieu de naissance, incipit spatial ; l'appartement mansardé des parents — d'où mon attrait plus tard pour les mansardes ; le foyer modeste du départ dans la vie, de la sécurité affective ; mais l'arrivée de la télévision avec ses films de guerre et ses séries policières insinue des fêlures dans le cocon et engendre, chez moi, des nuits de cauchemars. Pas de tendre enfance vraiment possible.

… Y connaître les premières épreuves, les malades infantiles, les traumatismes, les accidents sanglants, la violence des autres qui commence juste en bas dans la rue où je m'évanouis sous le choc d'une pierre reçue au front qu'un jeune voisin délinquant m'avait lancée pour rire ; ensuite bras cassé quand poussé par-dessus une clôture ; joue fendue d'un coup de poing ; jeux de gamins, jeux dangereux dans cette rue de petite ville pourtant calme. Un imaginaire se construit dans l'angoisse de l'après-guerre et l'inquiétude que la brutalité des autres suscite.

Rue Saint-Dominique

Premier grand déménagement, recentrement à la fin de l'enfance dans une petite rue montueuse et tortueuse ; vie de famille en locataires dans un logement plus grand et plus près des écoles, dans un bourg ennuyeux. Initiation à l'instabilité spatiale : toute la famille bougera sans cesse pour accompagner l'éducation des enfants, une priorité pour mes parents.

… Y oublier les cours où souvent je m'ennuie en fuyant vers la nature, en marchant en forêt, en y faisant de la chasse, de la pêche, du camping, y bâtissant des cabanes en bois rond, y créant des mini-centres de discussions et de rêveries loin du cercle familial ; joie du plein air et de la camaraderie, suivie aussi des premières amours.

112e Rue

Nouvelle organisation territoriale à définir, le quartier populaire de l'adolescence dans l'anonymat de la grande ville cette fois, toujours pour nous inscrire, mes deux frères et moi qui suis l'aîné, dans des écoles plus avancées ; le bruit insupportable de la circulation, sensation d'étouffement ; ma centralité devient alors malade, écrasée, aliénée, mais ce lieu m'aura permis de redoubler l'effort de dépassement par la musique classique et la littérature dont je découvre les prestiges. Repli sur mon nouveau logis mental.

… S'y révolter, faire le tri des intérêts et des amitiés, éliminer les chronophages et les énergivores, y planifier l'avenir avec patience et fortitude, engranger de la vigueur intérieure, se former à la lutte solitaire et à la résilience.

Rue Bégin

Encore un nouveau dispositif spatial familial pour se rapprocher de l'Université, cette fois ; rue insignifiante de la vingtaine, son pavillon de banlieue sans attrait, avec cependant son petit bois charmant derrière, son ruisseau et son petit îlot au pied d'un arbre duquel j'ai lu Rousseau ; les derniers moments en famille, l'indépendance pointe à l'horizon avec impatience.

… Y philosopher sur la neurasthénie du monde, sur son versant sinistre avec un ulcère du duodénum lié aux tensions des études universitaires ; y vivre l'échec de la psychanalyse et tout surmonter par la littérature. Formation en lettres, boulimie de lecture. Je deviens athée, métamorphose majeure. Je veux alors tout lire, tout apprendre pour construire librement le sens de ma vie.

Avenue Saint-Denis

Bipolarisation spatiale, l'envie déjà de s'autosuffire se réalise à demi ; mansarde d'évasion avec une petite amie blonde dans une impasse aux vieilles pierres, la vue dominante sur la

Basse-Ville de Québec ; au voisinage de ce dedans, le dehors : le Château Frontenac, autre lieu inusité de ma jeunesse festive, où je vais souvent au bal. Le centre se dédouble en espaces périphériques de jouissance.

… Y voir à la télévision l'homme marcher sur la lune, méditer sur les espaces infinis, construire des plans sur la comète ; vers la même période, je vois ma première pièce de Beckett, *Fin de partie*, épiphanie lumineuse.

Quai d'Anjou

Explicit territorial, mobilité extrême par l'exil ; de nouvelles règles géographiques gèrent ma vie, que je dois intégrer. Paris, immeuble du XVIIe siècle, voisin de l'hôtel Lambert, le luxe de l'île Saint-Louis, Chagall comme voisin avec qui j'échange quelques sourires occasionnels ; un petit reste de nature : les arbres le long de la Seine ; les études supérieures dans un environnement privilégié, tout cela provenant de sacrifices et de mérites antérieurs. Initiation à de nouvelles pratiques spatiales.

… Y prendre un élan pour tâter le terrain d'autres rues, places, venelles, passages et impasses. Y bâtir un nouvel imaginaire urbain. S'y enivrer des mondanités jusqu'au vide de soi ; y découvrir la notion de réseau.

Rue de Pontoise

Diversification et complémentarité, ouverture aux refuges parallèles, érotisation personnelle du lieu, avec l'appartement bourgeois de ma première amante parisienne, le parquet de chêne ciré, l'aise, le monde diplomatique, les rencontres passionnantes ; pôle amoureux où je suis allé au bout de mes limites sur le plan des excès sexuels ; il le fallait bien pour l'expérience. J'étais dans la trentaine.

… S'y dissoudre dans le comble, abruti de plaisir, une frontière existentielle atteinte. Après quoi, revenir à plus d'homogénéité intérieure, ramasser les pièces éparses de soi dans la quête de beauté par l'art littéraire. Regagner une autre perspective de centralité, transcendante celle-là.

Avenue Mac-Mahon

Rétrécissement vital, concentration spatiale ; le modeste studio d'étudiant près des Champs-Élysées et de l'Étoile ; le pittoresque marché Poncelet, la solitude laborieuse en compagnie de la radio. Forteresse protectrice, réclusion urbaine. Travail intellectuel intensif de plusieurs années sous le signe de la discipline.

… Y élaborer dans l'extrême timidité des idées de ciel et de grandeur, des esquisses de sens à ma vie.

Rue de la Butte-aux-Cailles

Fin des études supérieures au 11e et dernier étage d'un immeuble moderne sans âme, mais qui en acquiert une le temps d'un séjour, avec des chants médiévaux sur bande sonore en boucle. Espace de fête, d'amitié, d'aventures, d'intersubjectivités jubilatoires au restaurant Le Temps des cerises ; vision monarchique sur Paris, jogging sur le toit, pic de joie intense dans ma vie.

… Y célébrer le triomphe intellectuel dans un rire dansant de trois mois et l'insouciance presque totale.

Rue des Pieds-Corbons

Fuite, évasion ; la vieille ferme d'amis et ses pierres restaurées, près de la Seine en Normandie ; la lumière des impressionnistes, à l'ombre du château La Madeleine que j'ai alors failli acquérir en groupe, château où auraient séjourné Baudelaire, George Sand et Chopin. Grand regret de ma vie, car j'aurais aimé être châtelain pour donner plus d'amplitude temporelle à mon moi étriqué, ce qui a toujours manqué dans mes espaces.

… Y partager la bonne chère, le bon vin, la discussion philosophique dans le temps suspendu. Se contenter de cela.

Riverside Drive

Univers d'affaires, le tourbillon new-yorkais, la terrasse perchée au 27e étage, la vue en plongée à hauteur de gratte-ciel sur les rues, la ville animée et le fleuve Hudson ; le gardien en livrée, le marbre chic, avec l'impression de vivre une semaine en un seul jour, existence sans cesse électrisante. Expérience d'une altérité spatiale absolue.

… Y éprouver les grandes griseries, à haute voltige, du désir le plus intense, mais lieu d'imprudences, de dispersion, de confiance déçue et d'échec éditorial retentissant. Ma revanche, sur ce plan, ne viendra que plus tard dans la même ville, mais dans le désabusement.

Ocean Beach Boulevard

Dépaysement total, la mobilité se poursuit, début d'un décentrement décisif dans ma vie d'écrivain sous le soleil des tropiques ; l'appartement sur la mer et la plage, la nage quotidienne dans la vague, les retrouvailles du corps, les aubes de vermeil.

… Y écrire une forme de bien-être, liée à la vitalité débordante de la maturité, y faire le plein d'images, sur fond de déroute spirituelle. Y ajuster mon imaginaire, car sous la chaleur constante, j'en viens à apprécier le froid, la neige et la glace. Dans le Sud, j'aime le Nord, et inversement. Connaîtrai-je jamais la satisfaction géographique ?

Morning Drive

Encore un déplacement de pôle au sein même de l'exil, très loin du centre ; nouvel ancrage spatial américain dans un *townhouse* agréable ; vie facile au bord d'un lac, devant des barques amarrées ou glissantes, au vu des ibis blancs en colonie sur l'arbre d'un îlot, image de liberté ; l'éblouissement des couchers de soleil, visions de sérénité mêlées aux soubresauts du cœur.

… Y vivre les joies du climat semi-tropical, mais aussi les affres de la canicule ; s'y perdre dans la plénitude des sens sous une temporalité ralentie ; ce lieu s'associe à la variété plaisante, mais superficielle, des liaisons et des échanges interculturels. L'écriture gagne en expériences et en diversité en intégrant une topographie exotique.

Rue Larrey

Effort de recentrage parisien, ou plutôt de recentrement de soi, de centralité complémentaire ; le pied-à-terre douillet mansardé, rappel de l'enfance, la vue sur les toits de Paris, le Jardin des Plantes, le marché Monge, le Quartier latin, la ville d'adoption adorée… mais j'y suis de passage toujours et dans les soucis constants. J'aurai du mal à m'y fixer, ce restera un lieu périphérique, malgré les tentatives soutenues d'y établir un autre centre.

… S'y fondre dans la pétulance incessante des esprits en éveil, en coup de vent. Y sentir que cet espace n'est pas fait pour l'écriture, mais pour la diversion et la dispersion. J'ai appris à en mesurer la place du délassement dans mon organisation de vie, car il est important de ménager des moments où je « perds » mon temps.

Rue des Ursulines

Le jardin boisé dans la ville, l'eau, les tracas de ma première et dernière propriété, chaumière de poupée aux quatorze petites pièces, luxe d'espace, dans les tensions de couple en formation.

S'y replier à l'occasion, comme en marge de soi, et y jongler à l'équilibre des possibles, sans y parvenir. Divisions, scènes, inconfort. La vente et la fuite s'imposaient.

Rue des Caves

Grand appartement au dernier étage, mon étage préféré depuis l'enfance, la vue dominante sur le fleuve Saint-Laurent et ses hauts navires d'un côté, et de l'autre, la place à la fontaine multicolore avec le parc au canon derrière, ses bancs de pierre vétustes et ses grands arbres, dont un orme centenaire ; le calme au cœur de la ville ; la lumière, la terrasse, la sécurité au milieu des livres et des œuvres d'art. Lieu devenu mon plus solide principe de centralité intérieure.

… Y travailler sans cesse à la synthèse existentielle dans la solitude créatrice. C'est là que j'ai écrit la plupart de mes livres, c'est là que je reviens sans cesse avec plaisir. Je meurs où je m'attache. On cherche cependant à m'y évincer. Comment survivre à l'expulsion du centre ?

De Babel à jingle[1]

À un événement organisé à l'Unesco pour défendre le plurilinguisme dans le monde, le poète engagé J. A. T. Pollo a fait sensation quand il y a lu ce texte en ponctuant avec gravité la fin de chaque ligne par une « sentence » litanique telle que *Trade Mark, Registered* ou *Copyright.*

« Je suis très troublé, a-t-il dit, par l'insidieuse appropriation de domaines de la langue par les multinationales dans leur publicité. Elles sont en train de faire d'un bien commun une propriété privée et d'en constituer un vaste patchwork mondialisé de « Marques déposées », de « Marques de commerce », de *Service marks,* etc. Je déplore que les langues s'imprègnent ainsi progressivement de connotations marchandes. Le génie du peuple devient l'otage de l'argent. Si cela continue, un jour nous ne pourrons peut-être plus ouvrir la bouche sans avoir à demander une licence d'usage et sans risquer des procès. Ma contribution à votre bonne cause consiste, ici, à détourner des slogans commerciaux de leur contexte à des fins esthétiques et citoyennes. Ce sont autant de *ready made* qui viennent dénoncer une tendance qui prend comme seul idéal la valeur économique. »

Voici le pays où la vie est moins chère et sans entretien ™ *
* « Sans entretien » est une MD de John & Johnson Co
Voici un monde de différence ®
Uniquement pour vous ©

1 . Jingle : ritournelle publicitaire © Harrap's et Radio-France

Parce que vous le valez bien ™
Les piles ne s'y usent que si l'on s'en sert ®
Dans tous les cas nous sommes à votre service ™
Nous sommes votre allié dans le temps ℠ *
* « Dans le temps » © Nostalgia Songs
Nous rapprochons les personnes entre elles MD
Nous possédons ce dont vous avez besoin ©
Jamais l'écoute ne vous aura fait autant de bien © *
* « Fait autant de bien » *is licensed to* Macrotop
Ne soyez plus* au bas de l'échelle ™
Ne soyez plus* le dernier ®
Ne soyez plus* en retard MD
* « Ne soyez plus » est un slogan enregistré de Fichu Inc.
Donnez des ailes à vos désirs ℠
Jusqu'où voulez-vous aller ? ® *
Plus loin ? Nous le pouvons ™
Jusqu'où irez-vous ? © *
* Le verbe « aller » dans toutes ses conjugaisons appartient à la firme GoGo Inc.
Défiez le possible ℠
Voir en avant… Une tradition pour nous MC
Ne jamais s'asseoir sur ses lauriers ™
Les bonnes idées font leur chemin chez nous MD
Le ciel n'a plus de limites ®
Joignez-vous à nous MD
Être membre a ses privilèges ©
Nous pouvons vous aider à réussir ™
Une vie de rêve dans un monde de réalité ℠
Nous en sommes tous des amateurs ™
Sa passion est contagieuse ℠ *
* « Passion » *is a patent of* Emotions Co USA
Vous ne pouvez pas mieux choisir ™
Alors, ça vous fait quoi d'être au sommet ? ™
Le plaisir sans limites… c'est tentant, n'est-ce pas ? ℠
Nous livrons un million de sourires par jour ℠

C'est bon à savoir, c'est bon d'apprendre © *
* « Savoir » et « Apprendre » sont des mots protégés de l'Association des Universités Privées
Pour être plus fort SM
Je positive MD
What else ? ®
Ainsi communique le monde MC

•

Longtemps j'ai cru parler ma langue TM
Longtemps j'ai cru pouvoir écrire ce que je voulais
© www.detresse.com

•

Il est prédit que dans un demi-siècle l'écrivain n'aura plus le droit d'utiliser « sa » langue sans avoir à verser une taxe d'utilisation
© by Sondages/Projections inc.

Cent jours avec Caroline

Centenier[1]

Comment dire Caroline en si peu de lignes? Pourrai-je l'arracher à l'image confuse qui me reste d'elle, un souvenir de hasard et de quête, de fougue et de désordre, de passions et de cris? Je l'ai connue en ravissante jeune femme dans la trentaine. Vive, aux reparties cinglantes, au rire bruyant, aux jugements définitifs sur les êtres et les choses.

Elle avait beaucoup bu ce soir-là au cours d'une réception en plein air par une agréable soirée d'été chez des amis communs de banlieue. Elle aimait exhiber sa beauté et elle s'est retrouvée les seins nus, assise sur les genoux d'un invité comme pour attirer mon attention, mais j'ai toujours détesté les femmes qui se dégrafent en public au dessert.

Elle était accompagnée de son amie Laure, discrète, presque effacée, qui venait de perdre son amoureux vietnamien. Par réaction, mon désir se porta plutôt sur cette dernière, bien qu'elle ne fût pas mon genre, les êtres éteints m'attirant peu. Tout comme moi le champagne l'avait enhardie. Nous partîmes ensemble au milieu de la nuit sans même avoir fait vraiment connaissance. Dans le taxi bondé d'amis, je la portais sur mes genoux et nous passâmes tout le trajet à nous embrasser. Elle m'invita chez elle dans un obscur studio

1 . Le «centenier» est le nom que j'attribue à un type de narration brève à forme fixe, mais souple, comportant soit cent phrases, soit cent paragraphes, ou encore cent situations, séquences, actions, traits, évocations, points de vue, etc. Ici, Caroline en une centaine de jours et autant d'anecdotes.

minuscule. Pour atteindre le lit, il fallait grimper une échelle. Mauvais départ. Nous restâmes dans le noir à bavarder et à partager des moments de tendresse, sans fulgurance possible. Elle ne m'attirait pas et le souvenir de son Vietnamien la hantait encore trop. Je partis à l'aube et ne la revis plus jamais.

Le lendemain, ma réputation circulait déjà dans le petit cercle des connaissances. J'étais un bel impuissant, ainsi que Caroline me le rapporta deux jours après, alors que je prenais un verre chez elle. Elle voulait me voir pour que je lui écrive des textes, des poèmes et des histoires brèves pour son club littéraire. C'était un prétexte pour mieux m'apprivoiser. Cette fois, nous fîmes mentir la rumeur à mon sujet.

Comment dire l'aura de cette femme ? Il aurait fallu une équipe de tournage douée pour la capter. Mais ce n'eût pas été suffisant. C'eût été comme tenir une bougie devant le soleil. Elle échappait à toute définition.

Elle était l'exception. Je ne l'ai pas connue longtemps, un peu plus de trois mois, une centaine de jours, mais cela a suffi pour que je la considère comme une trouvaille de la génétique, une invention géniale que j'eusse aimé avoir créée. Dès sa naissance, elle sortait de l'ordinaire puisque, à deux semaines, elle était énigmatiquement bleue avec les appendices noirs, telle une asphyxiée revenue d'un autre monde. Sa mère pria le ciel de la sauver et promit de l'habiller en saint Antoine pendant un an. Elle fut guérie. De quel mal ? Personne ne le sut. Elle vécut les premiers moments de sa vie ainsi déguisée en moine. Les photos qu'elle me montra d'elle-même en bébé monacal auraient mérité les cimaises de quelque musée de l'enfance.

Plus tard, à huit ans, elle devint aveugle pendant six mois. Sa mère supplia sainte Thérèse d'intervenir à son tour. Elle se rétablit une fois de plus. Pendant un an, on la vêtit donc en nonne pour remercier Thérèse des faveurs accordées. Une décennie après, elle fréquentait une école anglaise menée par des religieuses. En classe, c'était le boute-en-train. Deux enseignants la marquèrent: un Italien aux cheveux laqués, professeur de dessin, et un jeune athlète sautillant qui assurait la gymnastique. Ashleigh, une camarade de Caroline, âgée de dix-huit ans, était fortement attirée par ce dernier, même si elle était fiancée et son mariage, proche. Un jour, la professeur de maths, une Américaine obèse, tomba malade. Le gymnaste dut la remplacer au pied levé. Beau et séducteur, il troublait toutes les jeunes filles de l'école, mais c'était surtout Ashleigh qu'il rendait folle, sans trop s'en rendre compte. En attendant son arrivée dans la salle de cours et pour faire patienter le groupe, Caroline écrivit au tableau: « Il vint lui enseigner l'arithmétique. Pour l'addition, il l'embrassa une fois, puis deux fois. Il augmenta ses empressements partout, voilà pour la multiplication. Elle refusa d'aller plus loin, c'est la soustraction. Il insista, elle le repoussa, arrive la division. » Une religieuse survint au milieu de l'esclaffement général et surprit Caroline qui venait de finir d'écrire sa plaisanterie au tableau. On la punit en la maintenant debout dans un coin pendant une semaine. Mais elle était fière d'avoir ainsi contribué à sauver les fiançailles de son amie.

Vers la même époque, l'espiègle Caroline mit des posters d'hommes nus en érection dans les toilettes communes du dortoir pour faire fuir les filles conservatrices de l'étage, car elles étaient malpropres, ne tiraient jamais la chasse d'eau et y laissaient un dégoûtant désordre de mégots, de papier déchiré et de revues au sol. Le stratagème réussit à merveille et fit refluer les prudes vers un autre étage.

À vingt ans, elle poursuivait une licence de philosophie quand elle eut son premier amant. C'était jeune pour l'époque, mais ses études représentaient davantage un exploit pour elle, car elle disait venir d'une famille paysanne où le mot le plus long et le plus complexe qu'on puisse entendre était *ouananiche*. Quand elle y retournait, elle essayait d'ailleurs d'employer un lexique simple et minimal pour qu'on la comprenne, et pourtant on la jugeait snob. Son petit ami de l'heure l'entraîna vite à travailler comme strip-teaseuse dans un bar pour arrondir leurs fins de mois d'étudiants. Elle revendiquait d'être la première féministe strip-teaseuse universitaire à gagner le monde des travailleuses du sexe pour le transformer de l'intérieur. À vingt-six ans, se sentant déjà vieille, elle se rendit en Roumanie pour une cure de jeunesse aux hormones accompagnée d'herbes et de cocaïne. Elle souhaitait aussi étudier le communisme, avant qu'il ne s'effondre. Elle interviewa des médecins, s'amouracha de l'un d'eux qui, au vu de sa fatigue persistante, détecta en elle une forme de mononucléose qu'on croyait réservée aux soldats. Il lui banda les yeux pour la montrer à ses collègues, tel un spécimen rare. On essaya des traitements électriques qui lui brûlèrent les gencives. On lui fit prendre du LSD pour la faire parler, elle devint catatonique pour un moment. On finit par l'expulser du pays car on la croyait espionne pour le compte des Américains.

Pour finir ses études, elle se mit alors à vendre des mixers au public et faisait des démonstrations truquées dans les marchés et dans les foires. Elle introduisait subrepticement du savon dans les blancs d'œufs pour les faire mousser davantage, injectait de l'eau dans les oranges pour qu'elles produisent plus de jus quand elle les pressait devant le public, remplissait la table d'objets afin que les passants, ne pouvant déposer leur verre vide, se sentent obligés de rester, ce qui en attirait d'autres. Ou bien encore, pour les faire attendre, elle leur donnait de la soupe très chaude pour qu'ils ne puissent pas la boire vite.

Comment encore faire ressortir son excentricité douce ? À trente ans, ayant déjà entamé une carrière diplomatique, elle aimait toujours glisser en chaussettes sur les parquets cirés, courir dans les escaliers, appuyer sur tous les boutons de l'ascenseur, traverser les rues à l'extérieur des passages réservés aux piétons, offrir des fleurs aux hommes, porter une pierre de dix kilos dans sa serviette pour la forme, couvrir ses abat-jour de billets de banque, sortir sa voiture la nuit en roulant en marche arrière dans le quartier et transformer tout en tirelire : ainsi perça-t-elle une fente dans le dos d'une statuette en plâtre de la Vierge pour y mettre sa petite monnaie. Elle collectionnait aussi les figurines d'ânes. Elle en possédait déjà une centaine. C'était sa marotte et sa mascotte, disait-elle, car elle s'est toujours définie comme un âne. Têtue comme un âne.

Lorsque j'ai commencé ma liaison avec elle, elle animait depuis un certain temps son club littéraire et philosophique mensuel qu'elle prétendait être financé par un certain Arthur, qu'elle décrivait comme un vieux chauve, borgne et laid, que personne ne vit jamais. Ma contribution à cette association se limitait à lui fournir des textes pour la réflexion des membres et leurs discussions, écrits qu'elle me payait en nature, d'un peu d'amour occasionnel. Elle me donnait les idées et je les mettais en forme. Elle tenait ces réunions dans un petit café de quartier modeste avec des tables en formica, des chaises en chrome et en skaï noir. Un comptoir en U occupait le centre du lieu. Germaine y était la seule serveuse, vulgaire mais sympathique en robe et tablier blancs, avec une toque rousse et des lèvres lippues, tout droit sortie d'une toile de Hopper. C'était une amie d'enfance de Caroline. Le café y était bon. L'endroit fourmillait de solitaires qui venaient se confier à Germaine au comptoir, confidences que cette dernière s'empressait de répéter à Caroline à la première occasion. « La Patte » en constituait le pilier. Aïnsi surnommait-on un boiteux qui y passait ses journées quand il n'était pas chez son ami le cordonnier qui lui fabriquait des chaussures spéciales à semelles surcompensées. Il avait la réputation d'être le mystérieux Arthur qui soutenait le café littéraire de Caroline, mais personne ne put jamais le confirmer. Était-il un de ses amants ? Certaines mauvaises langues le prétendaient.

À son club, le ton militant de Caroline augmentait chaque fois. Avec le temps, elle exigeait plus d'engagement dans les textes que je lui rédigeais. Elle s'en prenait au lobby des armes à feu, partait en croisade contre la violence chez les jeunes, fustigeait le port d'armes, condamnait la cigarette et la drogue, dénonçait les dangers du portable et du wifi pour le cerveau, tout y passait.

Assez vite, comme pour sceller notre liaison, elle eut l'idée de partir avec moi pour une semaine de rêve en Grèce sur l'île de Lemnos. Chez elle, un projet ne restait jamais longtemps à l'état larvaire. Nous partîmes donc. Nous logeâmes dans un bungalow près de la plage avec vue sur la mer. Ce furent des heures de lumière, de sel, d'eaux vertes, de sensualité, de mollesse et d'azur fin. On changeait les fleurs quotidiennement dans la chambre et nous mangions des pamplemousses frais chaque matin ainsi que des raisins blancs du jour. C'était un pays bon comme du pain où l'on n'avait qu'à tendre le bras pour cueillir une olive, une grenade ou une figue. Les paysages ressemblaient aux tableaux de Millet, avec cependant beaucoup de chèvres et d'ânes en liberté, ce qui ravissait ma compagne.

Souvent, nous sommes allés à pied au village manger du poisson. Un soir, nous rencontrâmes Alex, un natif de l'île que Caroline avait connu à l'occasion d'un précédent séjour, un grand brun au visage osseux toujours souriant de toutes ses dents immaculées et à propos desquelles Caroline ne cessait de s'émerveiller. Il mangea avec nous mais, au cours de la soirée, je m'aperçus que, étourdie de vin résiné, elle lui faisait du pied sous la table. Je compris qu'ils avaient été amants dans le passé. Il nous raccompagna vers l'hôtel. Le couple s'attarda derrière moi. Je les surpris en train de s'embrasser. Je les laissai et je rentrai, le cœur en berne remisé dans ma poche de misère. Caroline finit par suivre une demi-heure plus tard. Je lui fis ma première scène de jalousie. Nous ne sommes plus allés au village pendant notre séjour. Le menu de l'hôtel offrait de toute façon une variété de plats — moussakas, calamars, poulpes, caftedes, sardines, feuilles de vigne — susceptibles de satisfaire notre appétit.

Quelques jours après, nous étions à Paris où la menait une mission pour son travail. Nous logions dans un coquet meublé de la place Saint-Ferdinand. Par un dimanche matin ensoleillé, traversée du bois de Boulogne en direction du lac avec cette femme flamboyante au volant de notre voiture de location. Elle chantait allègrement et semblait au faîte du bonheur. Soudain, une Renault arrêtée sur le bord de la route fit demi-tour juste devant nous. La collision fut violente. Fracas de métal embouti et de vitre cassée. Sentiment que ce n'était pas possible. Je fus blessé à la jambe, l'autre conducteur, à l'épaule. Caroline perdit connaissance. On la transporta à l'hôpital américain. Elle souffrait d'un traumatisme crânien et il y avait des risques d'hémorragie dans la cage thoracique. Elle passa deux jours en observation. Je la ramenai après à l'appartement et m'occupai d'elle pendant plusieurs semaines. Cette épreuve nous rapprocha.

Les ecchymoses à peine effacées, nous retournâmes au bois de Boulogne un autre dimanche, histoire de clore notre promenade interrompue et d'effacer les mauvais souvenirs. Lorsque nous sommes revenus de notre balade autour du lac deux heures plus tard, le coffre de la nouvelle voiture était béant dans le stationnement. Avions-nous, par distraction, oublié de le fermer? Nous avions laissé nos deux sacs à main sous les sièges. Ils avaient disparu et avec eux nos pièces d'identité, nos cartes de crédit, nos chéquiers. J'y avais même un chèque en partie préparé pour le montant du *Grand Larousse encyclopédique* que je venais d'acquérir, mais sans nom de bénéficiaire. Je devais le remettre le lendemain à la personne concernée.

Pendant que nous faisions les déclarations nécessaires à la police, les voleurs cambriolaient notre appartement dont ils avaient sans doute eu l'adresse sur des papiers dans nos sacs.

Stupeur et rage, mêlées de profonde détresse. Tous les tiroirs étaient renversés au sol et les bijoux disparus. Le lendemain, nous étions à la banque dès avant l'ouverture et deux suspects nous précédaient, l'un attendant à la porte, l'autre surveillant sur le terre-plein en face. Sans doute pour encaisser le chèque non libellé et peut-être d'autres chèques avec ma signature imitée. Nous ayant assurément reconnus à notre arrivée, ils se firent des signes discrets et s'en allèrent.

Quelque temps plus tard, en guise de fuite, nous nous sommes envolés vers Dakar pour une semaine, croyant jouir d'une grande bouffée d'exotisme. Le soleil fut sans cesse obscurci par un rideau de sable soufflé de Mauritanie. Souvenirs d'asthénie générale, de quinine contre la malaria, de routes de terre poussiéreuses, de marchés animés encombrés, d'hôtel aux murs dénudés en ciment vert d'hôpital, de chorégraphies et de musiques frénétiques peu romantiques au moment du buffet du soir. Au retour, l'avion décolla trop lentement et un oiseau s'engouffra dans un des réacteurs. Nous dûmes larguer neuf tonnes de carburant dans l'océan avant de retourner atterrir d'urgence avec seulement trois moteurs. Nous étions en première classe, et on nous gâta avec du champagne et du caviar en attendant que la réparation soit effectuée. Le mécanicien était énorme mais paraissait tout petit debout dans le réacteur géant. Une fois son travail terminé, il vint voir le pilote pour lui faire signer des documents et il sortit de la cabine avec un magnum de reconnaissance à la main et un sourire perlé de sueurs au visage. Caroline lui offrit son caviar pour le remercier. Ce n'était pas nécessaire, mais elle pouvait céder sa chemise à un inconnu sur une impulsion. En japonais, il paraît que les prénoms peuvent être des verbes. « Donner » aurait pu être celui de cette amante. Cette générosité gratuite, spontanée et permanente me séduisait beaucoup en elle.

Je dus passer au lit toute la semaine du retour sur Paris. Congestion, toux, fièvre, diarrhée, vomissements, maux de ventre et de tête. Je ne sus jamais quelle bactérie m'avait adopté au Sénégal. La mission de Caroline étant bientôt terminée, nous rentrâmes à Montréal et elle dut vite héberger sa propre mère qui était soudainement dépourvue de tout, après que son mari, et le père de ma compagne, plombier et violeur de femmes, décéda d'une crise cardiaque.

Elle me demanda d'emménager avec elles deux. Je le fis. Les difficultés financières augmentant cependant, elle proposa de mettre en location la seconde chambre d'amis de notre spacieux appartement. Elle s'attendait à avoir du mal à louer cette pièce. Je la soutins du mieux que je pus dans cette démarche. À notre grand étonnement, nous reçûmes de nombreux appels de gens tous plus misérables les uns que les autres dont nous écoutions pendant des heures les jérémiades. Ce fut un moyen inattendu de découvrir l'ampleur de la détresse humaine autour de nous.

Nous cherchions un colocataire pour nous aider et qui ne nous compliquerait pas la vie. Nous eûmes ainsi affaire à un efféminé séducteur qui était barman et qui nous posa des centaines de questions personnelles. Il fit toutes sortes de promesses impossibles à tenir, nous remit une liste impressionnante de références inutiles pour inspirer confiance. Caroline écarta sa candidature, il lui semblait malhonnête. Puis vint une femme mannequin à grandes lunettes de soleil, à robe légère avec un décolleté plongeant. Elle avait pris rendez-vous au volant de sa voiture avec son téléphone portable, elle notait les indications et consultait un plan tout en conduisant et en commentant la densité de la circulation sur la route, ce qui nous faisait craindre d'être les témoins d'un accident en direct. Vite classée en personne à haut risque. Ensuite, se pointa un banquier au regard franc et droit, mais qui mentait à pleine bouche, qui n'avait pas les moyens de payer la caution, qui voulait nous remettre l'argent comptant du premier mois sur-le-champ, mais il fumait, c'était rédhibitoire. Un autre homme complètement ivre appela plusieurs jours d'affilée avec, chaque fois, les mêmes difficultés à articuler tellement il était soûl et souffrait d'amnésie. Le lendemain, ce fut le tour d'une riche divorcée hispanique et hystérique à l'accent fort, qui voulait louer sans voir, pleurait au téléphone pour qu'on la privilégie, vantait ses vertus morales et même ses mérites physiques, nous harcelait à coups de dizaines d'appels par jour pour nous promettre des cadeaux, de petits plats mijotés, voire des nuits d'amour débordantes à trois. Source de problèmes. Enfin, un service communautaire désirait utiliser une chambre à long terme comme mouroir rotatif pour des cancéreux en phase terminale, les hôpitaux ne suffisant plus à la tâche.

Nous étions sur le point de céder à ces fins humanitaires quand, un soir, la nouvelle tragique nous parvint par téléphone : la mère de Caroline avait été éventrée en plein jour dans l'ascenseur d'un grand magasin par deux jeunes voyous qui n'en voulaient qu'à son argent. Sans doute avait-elle résisté. Quelle fin sordide ! Caroline ne se contenait plus et se lamentait de douleur, inconsolable. Elle perdit brusquement la voix pendant plusieurs semaines.

Nous déménageâmes bientôt dans un appartement plus modeste. Peu après, nous nous séparâmes, sans drame. Était-ce l'effet de son troublant silence ? Je ne saurais le dire. Elle sentit soudain la rouille s'installer dans la serrure du cœur. Elle avait sans doute épuisé notre relation et devait éprouver le besoin de rafraîchir ses désirs. Son ancien professeur italien de dessin retraversa sa vie, bien qu'il fût beaucoup plus âgé qu'elle. Elle retrouva alors la voix aussi subitement qu'elle l'avait perdue. Je me dis que la mort de son père avait dû influencer ce choix affectif, plus que celle de sa mère.

Je perdis contact avec elle jusqu'au jour où elle m'appela pour prendre de mes nouvelles. J'en étais heureux, je m'attendais à une conversation sémillante, mais la chape du temps s'abattit sur moi. «Je suis de plus en plus vache, me confia-t-elle abruptement. J'avale des hormones, je perds mes cheveux. Je suis vieille, maigre, laide, et je vis comme un chien, par terre, à cause d'une sciatique. Il y a des papiers partout sur le plancher. Je ne m'y retrouve plus. Je deviens folle. Je perds la tête. Je n'ai plus le goût de rien. Je ne mange presque plus. J'ai envie tout le temps de pleurer. Mais je n'y arrive pas. J'ai eu une opération pour la sinusite il y a quelque temps et ça m'a enlevé les larmes. J'ai de la peine et je ne peux pas pleurer. Le médecin m'a donné des gouttes pour me tenir lieu de larmes. Alors parfois une perle surgit et j'ai envie de la retenir, de la remettre dans mon œil, parce que c'est précieux. Je suis la femme qui ne peut pas pleurer. Quand je vois un malade, j'ai envie de sangloter; un film triste, je grimace de douleur de ne pas pouvoir m'épancher. J'en suis devenue encore plus sensible, d'autant que mes capacités auditives ont, elles aussi, diminué depuis mon intervention. Je veux mourir demain parce que j'ai des questions à poser à Dieu. On me dit que Dieu ne m'appellera pas. Pourquoi? Je veux le confronter. Quelle question voulez-vous lui poser? me demande-t-on. Je veux savoir pourquoi il a fait les crimes et la souffrance, voilà ce que je veux obtenir de lui. Dans ce cas, Dieu ne vous appellera jamais, me dit-on. Mais pourquoi? Vous allez lui donner trop de maux de tête.»

Je n'entendis plus parler d'elle jusqu'à ce que j'apprenne sa mort à la suite d'une agression par deux voyous qui voulaient lui voler son sac à main: elle se défendit en s'asseyant dessus. Ils la rouèrent de coups, puis elle rentra chez elle sans se faire examiner malgré les contusions et les lésions. Le lendemain, son compagnon italien la trouva morte dans son lit. C'était une réplique absurde de la tragédie de sa mère. J'aurais préféré qu'elle éclate d'émotion en écoutant du jazz dans une voiture à haute vitesse sur une autoroute louisianaise déserte entre Maringouin et Grosse Tête après une orgie d'écrevisses. Cette fin était cependant à l'image de toutes ses sorties, lesquelles étaient telles, qu'elles rendaient inexistants ceux qui restaient en scène.

M'a transmis cette tragique nouvelle un ami qui avait été, lui aussi — il sentait le besoin de s'en confesser —, un de ses amants à partir de la fameuse soirée au cours de laquelle je l'avais rencontrée. Même au-delà de la mort, Caroline continue pour moi d'être une sorte de vivandière métaphorique dont les souvenirs me nourrissent spirituellement quand j'ai le cafard et m'aident à vivre mieux. Aucune image de soi ne pouvait rester intacte après son passage sauvage. Mes cent jours avec elle furent une succession de points forts et de drames, d'extases et de souffrances, où les bonheurs intenses se pointaient sous la poisse d'ensemble comme des perce-neige, mais je continue d'y puiser des gouttes d'oxygène. Il m'arrive cependant encore de me demander si ce genre de souvenirs mérite d'être écrit et si les choses mises en mots existent dans un autre registre. Je me réconforte en me rappelant que l'éternité se nourrit sans cesse des œuvres du temps. Mine de rien, avec sa passion d'être et ses modestes commandes de textes, que ce soit vers de mirliton ou narrations brèves, essais littéraires ou discours engagés, c'est elle qui m'a mis sur la voie de l'écriture et a conféré plus de sens à mon existence. Je ne pourrai jamais assez l'en remercier.

Mémoire du trou : confession

Il ne m'est plus possible de percevoir la mort comme un terme. Loin de me repousser, elle m'attire au contraire et j'en recherche l'expérience limite. Pour ne plus subir le fini toujours davantage resserré de la vie, je décidai d'opérer un renversement et de voir dans la mort l'origine même de ma vitalité. Je commuai cette négativité en en faisant la source précieuse de ma course à travers les choses. En allant vers elle comme vers une fontaine d'être, je me livre désormais à une sorte de transmutation d'un moins en plus. En me mettant à cultiver la mort et à en favoriser tous les signes, je m'instruis à sa fréquentation, je me dépasse par elle et je suis parvenue à une forme de libération, à une sorte de dégagement lumineux : je réussis à épuiser la vie ou du moins à vivre, ne fût-ce que de courts moments, aux ultimes frontières du vécu. Oublions l'éternité de la damnation s'il le faut, me dis-je, pour goûter, dans une seconde culminante, l'infini de la jouissance. Cette folie baudelairienne, je la poussai loin et je la poursuis encore d'une façon systématique. J'ai toujours envie d'aller mieux connaître ce qu'il y a derrière les êtres, au plus profond d'eux-mêmes. Et pour cela, il me faut atteindre les extrêmes du possible. J'en suis ainsi venue à ne plus voir l'amour s'éveiller qu'aux flancs excitants de la mort. De là, comment ne pas être conduite à provoquer cette mort chez l'autre et à trouver, dans cette extinction même, la volupté sans bornes que me refuse le réel ?

Depuis longtemps, j'avais conscience de toute la force dévorante du mouvement amoureux. Aimer c'est se repaître de l'autre. Toute jonction amoureuse est un repas charnel où l'on griffe la chair de l'aimé, déchire ses surfaces. Mordre, arracher, presser, aspirer, absorber en constituent les actions de base. L'être bon, ne le veut-on pas au-dedans de soi ? Ce qui revient à le faire disparaître. Épouser, c'est tuer d'une certaine façon.

Puisqu'à mes yeux le désir détruit déjà son objet d'une manière symbolique, je décidai de prendre ce processus à la lettre et de me jeter franchement sur l'autre dans le but précis de le pulvériser : je me suis transformée en bourreau. J'incarne maintenant l'abjection qui passe et foudroie. Je ne me contente plus de taquiner les surfaces : ma quête frénétique me conduit à les traverser de part en part, à les crever, à les briser. La cruauté m'est devenue nécessaire et elle se définit comme un pouvoir transformateur : c'est la joie d'obliger autrui à jaillir hors de lui, de le contraindre à s'avouer dans l'écoulement d'une douleur et d'obtenir sa capitulation au milieu des eaux profondes de la souffrance. Cette méthode, la cruauté, est la seule que j'aie vraiment pu trouver pour découvrir l'autre, l'explorer et l'atteindre dans son mystère. Connaître équivaut ainsi à détruire ; pour aimer, il me faut anéantir. La conquête réelle de l'autre étant impossible, du moins dans son altérité intacte, la joie amoureuse ne peut s'éprouver suprêmement pour moi que dans la défaite totale de l'objet désiré où, éparpillé en morceaux, celui-ci étale sa vérité au grand jour et ne garde plus aucun secret.

Et point n'est besoin pour assaillir de courir au hasard. Pour la doctoresse que je suis, pour celle qui bénéficie de l'immunité médicale et sociale, tout n'est que de patienter : la maladie finit toujours par me ravitailler en victimes tout offertes. Je n'ai donc qu'à attendre calmement cette joie donnée que l'amour courant m'interdit et que j'éprouve si intensément par la médiation du sang. Mon grand secret, le voici : je blêmis, je chancelle, je chavire, je trépigne de jouissance quand je coupe l'oxygène ou le sérum aux malades chroniques ou quand j'injecte de l'air dans les veines des hommes. Je m'émeus jusqu'à être prise de convulsions rien qu'à voir ma victime franchir le seuil du dernier souffle, à la sentir passer de l'encore au déjà. Quel bonheur que de l'accompagner dans cette ultime extase, quelles délices me procure une telle extinction ! Le bourreau que je deviens (pourquoi n'y a-t-il pas de féminin à ce mot ?) y possède alors une chair éclairée par sa négation même et, simultanément, je spolie cette chair d'elle-même tout en la révélant à elle-même, sans que personne ne me possède moi-même vraiment. Au fond, c'est un plaisir chaste que j'éprouve et qui n'est pas dépourvu de générosité, puisque je sauve la victime de la corruption du temps et que j'arrête des souffrances que je transforme en joie. Quand on lira ce Secret, on m'arrêtera et on m'enlèvera peut-être la vie pour me punir de mes actions, mais peu m'importe maintenant.

Ainsi ce métier proche des corps et du néant aura constitué, pour moi, une manière radicale et privilégiée de maîtriser autrui, d'établir décisivement ma domination sur lui. La destruction me rend souveraine. Par ce moyen radical je réussis à rompre autrui à mon désir, j'ai sur lui une prise assurée, je parviens à me l'approprier complètement. C'est donc dans la mort que je peux m'approcher de l'amour véritable, de l'amour parfait, de l'amour absolu.

Dans mon imagination pervertie tout semble arrangé pour aboutir à une réussite mystérieuse, à un au-delà fécond qui dessine sa perspective fuyante au bout de la mort. Celle-ci abreuve la vie, lui redonne une force nouvelle. L'agonie s'achève non sur une abolition, mais au contraire sur un rejaillissement. La négativité devient féconde. Peu d'êtres peuvent vivre cette expérience intense ainsi que je le pus jusqu'ici.

Par la découverte étonnante de cette négativité fertile s'ouvrent à moi tous les mirages d'une éternité. J'y découvre que, dans notre limite même, se silhouette un illimité qui exerce sur moi son attraction. Dans la vibratilité de cet instant fatal et unique je retrouve le point le plus exaltant du vécu. J'y saisis une vie excessive au plus palpitant d'elle-même, parvenue à l'acmé de l'existence, c'est-à-dire au moment précis où elle va s'effacer, à la seconde exacte où elle s'appréhende tout entière résumée dans l'absolue, dans l'ultime jouissance d'elle-même. Mais je n'y aperçois pas seulement ce battement maximum de vie ; s'y profilent encore, au-delà, d'autres voies vitales, peut-être même plus excitantes. La mort n'est pas une fin : au-delà d'elle, tout se prolonge indéfiniment, dans l'amour intemporel.

Faudra-t-il alors s'étonner si l'angoisse de la mort ainsi transmuée en un principe actif et positif en vienne à me conduire à faire la mort (comme on dit : faire l'amour), non plus seulement d'une manière secrète, mais franchement, par le meurtre, à ciel ouvert. Mes crimes de médecin de garde, à bien y penser, sont un peu mous, un peu lâches : j'ai affaire à des moribonds destinés à plus ou moins brève échéance à un trépas que je ne fais qu'accélérer. J'y exerce ma profession presque dans la légalité, en en poussant le zèle jusqu'au bout. Mais la vraie meurtrière, elle, est différente puisqu'elle doit aller au-devant de ses victimes et se produire audacieusement en dehors de la loi en s'attaquant à des êtres en parfaite santé. La tradition frénétique que m'apprit l'Histoire, avec sa grande hache, et que je fréquentai longuement, surtout celle des sorcières, des savants fous et des amoureux suicidés, ne cessa de me montrer les prestiges romantiques de la violence. Cet enseignement contenait des promesses de sensations vives et d'accomplissement suprême.

Cependant, un sentiment fort ancré dans l'humanité courante aurait pu m'arrêter dans mon élan : longtemps le spectacle d'une souffrance vive me fut pénible. Mais qu'à cela ne tienne ! Pour atténuer cette sentimentalité et m'anesthésier, il me suffit de me durcir ; la familiarité de l'hôpital m'y aida non seulement en renforçant mon indifférence au point que j'en vins à frivolement raconter mon week-end pastoral à mon assistante infirmière devant un malade en proie aux derniers spasmes, mais en faisant encore en sorte que la souffrance finît même par me réjouir.

Ce pas franchi, tous mes actes futurs me semblèrent justifiés. L'agression et le meurtre prirent leur place dans ma vie, me permettant depuis d'aller déliter de force l'idéal que je convoite. Pour l'atteindre, et en même temps pour me rejoindre sans doute moi-même à travers cet affleurement, je me dois de parcourir les choses en les défaisant, il me faut renverser les pierres pour voir au jour ce qui s'y cache, je me fais force de mettre à sac pour dévoiler. Si l'être se refuse à nous, alors livrons-nous au vandalisme de l'être. Exécutons un systématique et déraisonné vagabondage parmi les formes corporelles, pillons rageusement pour nous assurer d'un catalogue de possessions, d'un éventail de certitudes. Et cette passion d'exhaussement n'aura de cesse que lorsque j'aurai connu tout et le contraire de tout. C'est la seule voie possible pour accéder à ce qui se dissimule derrière. Fouiller le monde pour en faire ressortir le sens et resserrer toujours le cercle autour de ce qui m'échappe, le poursuivre, le surprendre au plus secret de son énigme, l'obliger dans sa retraite à s'avouer, en un mot, le traquer.

Tel est bien mon projet existentiel le plus noir. À cette fin je suis devenue empoisonneuse. Une empoisonneuse rusée qui sait exploiter la pharmacopée disponible pour instiller chez les autres des états dépressifs qui les conduisent irrémédiablement vers la fin.

Dans ce comportement, j'intègre ma croyance selon laquelle, pour parvenir à un amour absolu où je puisse me retrouver moi-même, il suffit d'exalter régulièrement l'aimé par petites doses galvanisantes et mortelles. L'exalter revient alors à l'éteindre par degrés. Pas de plus grand plaisir pour moi que de distiller ainsi l'amour sous perfusion dans l'effroi et cela au moyen de la plus grande douceur maternelle. C'est là une terrible sentence amazonienne, j'en conviens, mais où se peut lire le bonheur d'une révélation de l'autre subtilement provoquée par étapes en une implacable dégradation et qui résume en sa culmination deux mouvements contradictoires : une affirmation fulgurante de la chair et sa dépossession médusante, par quoi se définit l'amour unique, l'amour absolu tant recherché.

Ce programme en tête, j'atteignis un tournant dans ma carrière assassine avec H. A. Soi-disant pour l'encourager à écrire, je commençai à lui prescrire des psychotropes avec accroissement progressif des doses, et comme il en développa vite des insomnies, je lui proposai des anxiolytiques, que je combinai à une variété de calmants et de somnifères de diverses origines étrangères pour que la nosologie fût ainsi brouillée et l'interaction médicamenteuse fatale autant qu'irrepérable.

Au fur et à mesure que la camisole chimique renforça sa poigne sur lui, son obsession toxicomane s'accrut et ses idées s'assombrirent. Corollairement, sa dépendance amoureuse à mon endroit augmenta. Bientôt, il passait de la narcose la plus forte à l'agitation la plus extrême, de l'abrutissement sodique tel celui d'un éthylique hébété à quelque frénésie sadique comme s'il avait mangé du lion. Sa vie devint un enchaînement désordonné de coups de foudre et de syncopes, un va-et-vient incessant de la surexistence à la presque mort en passant par la dépersonnalisation, la déchéance, la stupeur.

Sous l'effet de mes concoctions diaboliques, il rêvait de plus en plus d'automutilations et je jouissais de ma science. Sa conversation se disloquait davantage. Il sautait sans cesse du coq à l'âne, ce qui lui conférait en même temps la possibilité typique, observée chez mes autres victimes, de converser sur plusieurs registres de front, comme s'il multipliait les parenthèses dans ses phrases et les notes en marge de son discours. Avec la progression des médicaments et leur interaction dégénérative, il devenait difficile à suivre. Peu à peu, ainsi que je m'y attendais, la baisse de son tonus sexuel rendit nos rapports impossibles. Je criais intérieurement victoire car je voulais instiller en lui un état de désespoir total. J'inventai des problèmes financiers que je grossissais à loisir pour que ces difficultés, dont je savais qu'elles l'affectaient profondément, contribuassent à l'enfermer dans un cul-de-sac existentiel. Aucune évasion possible car cette crise fictive, à laquelle il croyait comme si elle était réelle, l'empêchait de songer au seul bonheur qu'il n'ait jamais connu : le voyage. Prendre un avion, franchir les frontières, fuir en croisière, tout cela qui le rendait heureux était désormais hors de question. Avec le temps, son moral et son amour-propre diminuèrent. Redoutable, efficace, mon piège refermait ses terribles mâchoires sur lui. Je voulais qu'il étouffât et je réussissais.

Autant il en venait de plus en plus à parler du temps rongeur, souillant, stérilisant, autant je m'évertuais à mêler l'empoisonnement psychologique et intellectuel aux intoxications chimiques. Je me faisais un devoir de compléter mes ordonnances en lui proposant des lectures appropriées et, bien délicatement, je plaçais sur sa table de nuit les œuvres de romantiques allemands ainsi que des histoires japonaises de doubles suicides amoureux. Je le nourrissais de toute une littérature où la mort systématiquement se mélangeait à l'amour et où mourir ensemble pour deux êtres représentait l'orgasme le plus sublime, l'ultime moyen de vivre un amour idéal libéré de toutes les limites et catapulté dans l'infini. J'entretenais en lui par tous les moyens, psychologiques, littéraires, philosophiques et pharmaceutiques, un véritable culte de la mort.

Nous ne parlions plus que de suicide quand nous étions ensemble et plus particulièrement de son suicide. Je l'encourageais dans cette voie et j'avais même réussi à lui faire croire que je le suivrais dans la mort le jour où il déciderait que le moment serait venu. Son suicide devenait évident, inéluctable. J'exultais. Le jour où il s'enleva la vie, ce fut moi qui chargeai le fusil et le lui remis en disant : « Tu dois le faire, puisque tu l'as décidé. Je te suivrai après. » Je l'accompagnai jusqu'au bout, comme j'en avais l'habitude avec mes patients, en multipliant à ses côtés les preuves de ma solidarité. Quand il appuya sur la gâchette, je vis cette immolation de loin, en retrait. Impossible de décrire l'émoi grandiose que j'en éprouvai. C'était l'aboutissement d'un acharnement de plusieurs années. Ce fut la pâmoison la plus puissante de ma vie. Jamais je n'avais autant aimé.

Comment dire cette Minute culminante qui parvint à faire se réaliser l'amour par la mort, un être par le non-être ? C'est Thanatos qui me transportait au plus près de l'être, au pied de l'idéal en dehors du temps. Je suis morte symboliquement avec lui à ce Moment et le rejoignis dans une sorte d'amour absolu par-delà la mort. Si bien qu'avec cette parfaite réussite du meurtre de l'aimé déguisé en suicide, non seulement je confirmai que le médiateur suprême du désir était bien la mort elle-même pour moi, mais je fis sauter aussi le compte-tours de la vie et découvris une nouvelle intensité au-delà d'elle. J'y meurs depuis du désir de la nommer, cette mort. J'y meurs de la goûter pour aimer davantage. J'y meurs de plonger en elle pour savoir. Il n'y a rien d'autre qui vaille que d'aimer jusqu'à l'anéantissement : je ne connais pas d'autre façon d'aimer. Le néant est constamment présent, infléchissant la structure même de l'amour, mais aussi attirant au bout du dédale comme un Minotaure, telle une dernière épreuve où le sens de l'itinéraire se perd et se retrouve.

Il y a plus encore car, bien sûr, ma carrière continue, mon imagination semble à la recherche d'une image toujours fuyante, sans cesse ailleurs, évanescente à travers les quelques victimes privilégiées que je trie sur le volet pour leur parfaite santé. En anéantissant chaque fois mes objets de désir, je me comporte comme si je voulais tout simplement le renouveler lui, H. A. Cependant, si l'on y regarde de plus près, ne peut-on se demander si, par le meurtre lent, je ne vise pas chaque fois, plus profondément, à terminer l'histoire du désir à petits feux inexorables; et si la mort du désir n'est pas un fantasme de mort de la désirante que je suis qui, en répétant inlassablement celle du désiré, répète en quelque sorte sa propre mort. Pour moi, l'alternative face à l'homme est toujours la suivante: ou je me perds ou je le perds. Alors aussi bien se perdre tous les deux. En même temps qu'il détruit l'autre, le meurtre équivaut à un véritable suicide: c'est moi-même que je sacrifie en sacrifiant. Mes crimes pharmacologiques constituent autant d'étapes pour tenter de combler le désir par la mort du désir et de la relation désirante. Dans son délire répétitif, ma quête cruelle ne trouvera de satisfaction ou n'atteindra de terme que si je ne sombre moi-même dans la mort. Au fond, je désire m'exténuer de désir, mourir de désir, disparaître en lui et par lui.

Je n'ai donc pas peur qu'on me tue, parce qu'avec la mort, ce sera l'éclipse du désir et l'irritante recherche enfin s'abolira. À quand l'exécution de cet acte décisif qui va m'accorder à mon tour la grâce de me retrouver dans ma propre négation?

Le lendemain du point

Elle

La vie est cruelle que de nous avoir fait nous rencontrer la veille d'un grand départ pour toi ! Une nuit d'amour et voilà le lit vide de nouveau, peut-être pour toujours.

Belle sensation que celle de t'écrire, là, première fois, sur un rythme des mots où je te coulerai, sans doute, consentant. Des projets, des rêves doux comme nous sont à portée de flux intérieur, sans l'excès, sans l'emportement d'une passion qui dépossède, c'est doux. Ça ressemble à un grand rire. Ça ressemble à un accent chantant. Ça prend aussi la lueur d'un regard grave. C'est fait de la terre entière. C'est fait d'un coin de table, c'est fait de pages noircies pour plaider la vie. Quand liras-tu ?

Je renais, là, je le sais. C'est une évidence paisible. Je n'ai pas encore, pas tout à fait trouvé mon rythme de marche, mon rythme de mots sous tes yeux. Aimeras-tu mes mots ? Oserais-tu me dire que tu n'aimes pas ?

Remplir ton nom. Un prénom, le donner, le prendre. Monnaie d'échange au plus profond. Un prénom, le tendre, l'oser, le ciseler. Images qui se forment. Ton prénom possède deux visages. Un homme, au restaurant, miracle de la joie, un homme parle. Écoute. Visage social, mais le regard. Un homme tend son épaule, reçoit la main, le geste, devenus évidents. Et puis revient un autre visage, les traits ont changé. La joie demeure mais l'attachement des corps étonne, distend, bouleverse le cheveu autant que les contours. Ce visage-là est plus massif, il a quitté l'affabilité, il se penche, creuse une bouche, s'y engloutit, toujours douceur, il s'attache.

Étrangement, la peur. La peur est venue. La peur que tout cela soit faux, que tout ne soit que mirage. Irrémédiablement. J'ai vécu six années dans le difficile. J'ai peur qu'il ne me revienne, insupportable où je rêve de couleurs franches, de clarté, de joie solaire.

Rêver. Peut-on seulement rêver ? Puis-je seulement t'investir de ce poids ? Tu me parais être de ces hommes à la fois très forts et très fragiles. Que pouvons-nous attendre de ce temps si dilué, de ces distances, de vies si différentes ? Je te voudrais là, je cherche en moi ta voix, ton sourire. Je crois que j'ai très peur. Peur d'attendre trop de l'autre. Peur de te faire peur. Tout va si vite, a été si vite. C'est un trou qui se creuse, là, qui se creuse vite en moi. J'y ai tant coulé, six années durant, dans ce trou. À me dire que je le fabrique autour de mes attentes.

Je te rêve. Me rassurer. Repartir sur cette sensation de deux jours comme je ne l'avais pas connue depuis longtemps, un tel épanouissement, la claire vision d'une vie relancée sur le temps. C'est toujours soi que l'on cherche en l'autre. Les deux moitiés d'être. La peur est aussi de cet égoïsme en toi, en moi.

Journal sous le regard. Je t'attends. J'attends ta première lettre. J'imagine l'une de ces correspondances comme on les rêve en secret. Livre de vie à quatre mains. Livres de vie. Ma vie se rouvre. Je le vois.

Je me perds par moments. À d'autres ne reste que la certitude de vie inscrite, quelque part. Et c'est paisible. As-tu déjà vécu une correspondance amoureusement littéraire ? Il est des voix d'encre… Je rêve. Là, j'aimerais que se taisent tous les mots, que s'insinue, frêle, ce chemin de vie où découvrir redevient geste de silence.

Te retrouver. Parole et silence sur fond de tempérament de feu ! Présence et absence. Peut-être vas-tu me trouver trop peu silencieuse ! J'ai pensé ne pas t'envoyer ces pages. T'aimer sur ce point précis, entre présent et futur, fragile équilibre d'ici et plus tard, t'aimer de mots solides mais aussi volatiles.

Lui

Mon bel amour, il y a des années que je rêve d'écrire ces mots et voilà que ta rencontre, enfin, me le permet. Pour moi aussi des images se forment et je ne les oublierai jamais. Il y a ce profil racé qui m'a séduit, cette vive intelligence qui passait dans le propos, cette volcanique vitalité qui se communiquait dans tes gestes et surtout, surtout, qui résume tout, cette intensité jamais vue de ton regard. Je le revois, je l'éprouve encore, il me pénètre à nouveau, il a présidé à notre rencontre éclair. Je dirai un jour, en d'autres mots, que j'espère plus beaux, l'effet de cette scène de première vue. L'effet sidérant, captivant, subjuguant. Jamais un regard n'aura eu un tel impact sur moi. C'est qu'il te résume en entier : il est franc, direct, vrai, énergique, généreux, profond. Merci d'être ce que tu es. Pour le moment, je n'ai pas d'angoisse. Il n'y a que le vertige euphorique de l'amour naissant, ce que tu appelles si bien son évidence paisible.

Tout s'est passé vite, il est vrai, mais crois-le ou non, nous avons respecté la fameuse *linea amoris* qui régit les rapports amoureux depuis l'Antiquité avec ses cinq étapes : *visus* (ah ! le rapt visuel dont j'ai tant à dire) ; *allocutio* (quelles belles scènes de conversation au restaurant) ; *tactus* (encore des images émouvantes de rapprochements corporels, de mains qui se prennent) ; *osculum* (ces baisers de cinéma dans la rue au sortir du restaurant, ces rages insolentes qui étonnaient passants et automobilistes) ; et enfin, cette joie des corps qui se comprennent autrement, qui se découvrent des complicités charnelles, qui se confient sur l'oreiller et s'attachent. Tout est dans l'ordre ! Quels hypernormaux nous sommes et quel vilain portrait d'intellectuel ma petite vision distante dessine-t-elle ici !

Tout cela a été répété des milliards de fois à travers l'histoire. Et pourtant des images singulièrement fortes se sont gravées qui confèrent à notre rencontre son contour unique. Ces images restent inoubliables : on se souvient toujours de la première fois et de ses circonstances détaillées. Je n'oublierai pas le lit défait chez moi, l'absence totale de planification, la simplicité de tes gestes, la fougue de ton corps, cette volonté de nous donner mutuellement à l'autre, l'urgence — pourtant étonnamment calme — de notre désir et la douceur, notre douceur. On n'aime pas toutes les sexualités : j'ai d'emblée adoré la tienne. Tu m'inspires du désir, de la passion et des mots pour dire cette merveille. J'ai envie de déboutonner mon cœur autant que de dégrafer ta vie.

J'entends des cloches au loin en cette après-midi. Il neige. Tout est blanc. Des records de froid ont transformé les vitres en vitraux de givre. Ce paysage dans ce froid, dans ce blanc, réduit à l'essentiel est beau. L'essentiel, c'est aussi ce que nous sommes en train de toucher.

Elle

Mon amour, je te parle, des mots viennent, alors je veux te les écrire, te les offrir. Un peu de crainte sans doute. Tu as peur des mots, peur des promesses, peur des trahisons. Beaucoup cherché en moi pour te sentir, te trouver.

Au téléphone, nous nous sommes parlé en surface, et c'est décevant. Alors coup de rein, je reflue vers la profondeur. Être au bord d'un puits, sur la margelle, et regarder le fond, presque coûte que coûte, malgré le bonheur d'être simplement assise au bord. Est-ce cela ? L'image m'est venue, non c'est plus simple que cela. Et plus serein. Pas de plongée en eaux troubles, plutôt aller chercher l'épaisseur de l'autre et la sienne propre. Je me prépare à toi, du plus profond de moi, avec ce qui est peut-être l'amour de l'amour. Je le sais, toi aussi. Mais est-ce mal si cela s'accorde avec respect et réel?

Des mots me serrent la gorge et je n'en rajoute pas à ma sensation. Je m'en vais vers toi avec la certitude de nous. Tu seras l'amour de ma vie et j'avais cela à te dire au téléphone. Te méfies-tu de la magie, autant au théâtre que dans l'écriture? Il me semble. Moi, je crois que je cherche à la cultiver autant qu'à la déconstruire. Rapport ambivalent. Et c'est en liaison avec l'amour. La façon de vivre. Aimer la magie de cet « aller vers » toi, vieille expression en moi. Radotage sur les quelques mots qui surnagent dans une vie.

J'aime la magie de tes bras qui se referment. J'aime la magie de ta voix à trouver proche, de ton corps pour reprendre racine. J'aime la magie de nos mots, de nos pas. J'aime la magie de cet instant où je t'écris poussée, en allée, destinée, j'aime la magie de cette envie d'écrire, creuser son sillon, ou dresser des signes, humbles et hautains, pour tendre à l'autre le fil qui le reliera à nous plus loin qu'au ras de la terre.

Le réel sécurise, c'est sûr, on se raccroche à lui, on l'invoque quand le ciel menace, au fin fond de soi. Et c'est bien. J'aime, en cet instant pour moi, que t'écrire soit en harmonie avec le réel. Et non pour l'exorciser. J'aime que mes mots aillent te trouver dans le calme, j'aime que la passion des mots aille rejoindre ton réel. Je souhaiterais trouver tous les chemins qui mènent à toi, que j'ignore, t'accompagner plus qu'au réel, plus qu'au bord des sensations et que tu me retrouves au fond des miennes.

Je veux t'aimer loin, solide, que nos vies s'accrochent l'une à l'autre plus qu'elles ne l'ont fait encore. Le temps et ce que nous saurons tisser entre nous. Je t'aime sans trop de peur des mots.

LUI

Mon bel amour, j'aurais envie de te décrire ce que tu m'inspires, les passions insensées que tu réveilles en moi, la vie que tu fais palpiter de nouveau et qui s'était mise en veilleuse, le goût d'écrire, de t'écrire, dans la plus complète gratuité, pour la simple joie de répéter «je t'aime». Grâce à toi, des préoccupations triviales se rechargent de poésie. Ma perception du monde et de son train-train est transformée, sans parler de celle du temps, mon obsession de toujours. J'arrête la grande roue de mes travaux pour prendre un moment pour t'écrire, moi qui n'écris plus de lettres depuis des lustres. Voilà que tout à coup, je m'autorise ce temps en dehors du temps.

Plus rien ne semble compter à mes yeux que toi. Je n'ai plus envie de rien faire d'autre que des lettres pour toi. Je rêve de tout annuler mes activités et obligations pour être en ta compagnie sur la page blanche. J'ai oublié des rendez-vous, j'ai sauté des échéances. Je flotte, plus rien n'a d'importance que toi. La passion secrète dans le cerveau, dit-on, de la dopamine, substance chimique proche de la morphine. Mon corps doit être en surproduction. Je suis devenu un camé de toi.

Grâce à cet inouï nous-deux, la vie peut se rêver à nouveau, elle se recharge de symbolique. Le désir, rouillé, se remet en marche. Moi aussi, j'ai envie de te mettre au bout de mes jours et de vivre près de toi. Je voudrais aller vite dans ce cheminement, sauter des étapes, provoquer des télescopages, vivre cette passion en accéléré, sous le fouet des urgences intimes, sans peur, sans barrière, au grand jour et tout de suite.

J'ai l'ambition de supprimer tous les conditionnels de ta vie et de la nôtre.

ELLE

Je me sens parfois bien exigeante en amour, demandant le quotidien et l'extraordinaire, le mari et l'amant, les problèmes matériels et les débats amoureux. Tout en somme. Est-ce trop demander? N'est-ce pas plutôt le but, le seul vers lequel tendre, harmoniser ce qui pourrait nous faire chercher ailleurs ce que nous avons dans les mains?

Moi, je me veux ta femme. Celle qui se sent engagée dans ta vie, ta carrière, ta santé, la longueur de tes cheveux ou la couleur d'une moquette. Toi, je te vois comme celui qui connaît tous mes défauts, du dedans et du dehors, celui qui m'aide à mettre des garde-fous où je pars trop vite en risque, celui qui va tout permettre au jour le jour.

Mais je me veux aussi ton amante, ta maîtresse, celle qui peut devenir autre, surprendre l'esprit ou le corps. Ne pas se laisser engluer par le poids des gestes trop inscrits. Avancer. Chercher. Tâtonner. Réinventer chaque moment d'amour ou de joie simple. Aller vers toi à chaque instant.

Être ton amante ? T'attendre, oui, c'est pour moi une dimension importante de l'amour vif, vivant, créatif. Alors, vas-tu me dire, il faudra que l'on se quitte souvent ? Peut-être un peu, oui, même douloureux. Et c'est bien ainsi.

Et puis c'est continuer à te chercher. Des images du passé, tiennes ou miennes, ne jamais cesser de chercher l'autre en toi, ou le même quand certains pans se délitent. Mais chercher.

Être ton amante, c'est être à l'affût d'un mot plus chaud, d'une lettre conjurant l'absence, d'un bouquet de roses ou d'une frayeur qui redonne sa vraie place au quotidien. Savoir que tu n'es pas acquis, que je ne le suis pas non plus, ne pas explorer les marges trop avant, mais les effleurer du bout de l'âme, et s'en contenter.

Lui

Dans cette tranche d'écriture que je viens de recevoir, tu me fais un cadeau appréciable. Une liasse de mots en liesse qui me disent ton bien-être global. Quel charme aussi dans ta voix laissée sur mon répondeur. Un appel sans objet. Sans objet autre que celui de signifier : je suis là, je pense à toi. Un appel gratuit. J'avais oublié que cette merveille pût exister. C'est comme une gerbe de fleurs que tu aurais déposée sur mon bureau. Je t'aime encore plus pour ces petites attentions qui font tant plaisir et qui accroissent ta présence en moi.

Oui donc à cet abri que tu veux construire où tous les mots sont permis, dont tous les possessifs, y compris les clichés. Oui, pourquoi ne pas accueillir aussi les stéréotypes ? Pourquoi pas ? L'amour se moque de l'originalité. Pourquoi ne pas savourer le cliché, le surexposer, l'exagérer, le théâtraliser ? Tout chérir de l'autre et de ce qui s'y associe. Je t'aime devant ces portes qui s'ouvrent, que tu entrebâilles, que nous poussons ensemble. Je t'aime dans ce que j'appellerais, faute de meilleurs mots, ta gratuité existentielle.

Il ne faut pas avoir peur du bonheur, seulement être lucide à son sujet. Découvrir un autre être, pénétrer dans son intimité la plus secrète, est déjà une entreprise passionnante en soi. Comment peut-on aimer l'écriture et se méfier des humains ? Comment peut-on écrire et haïr la vie ? La littérature fabrique de la vie en tissant des destins. L'amour et l'art ont toujours fait bon ménage.

ELLE

J'avais une vie de mots désincarnés, j'avais une vie de peau vibrante mais souvent à l'abandon, j'avais un univers de substitution, richesses et vertiges profonds, dangereux.

Tu es venu. Deux vies qui se penchent l'une vers l'autre avec un naturel d'évidence. J'aimerais écrire notre histoire. Tu es venu sous le signe du rire et de mains qui se trouvent. Tu es venu en humilité sereine et forte à la fois. Tu es venu en homme blessé, à mots couverts, sans effusion, sans exhibition. Tu es venu en lettres retenues, peau refroidie, douchée. Mots sonnants, trébuchants.

Tu vas rester en phrases courbées, fermes et flexibles, onduleuses. Tu vas rester de peau toujours chaude, de bras enveloppants, de missives qui se livrent plus qu'elles ne sont livrées. Tu vas rester en homme retrouvant racines, en homme de pas destinés, de mots destinés. Tu vas reposer en moi au plus chaud de vies qui s'épousent. Tu es mien, sur cet instant de vie, comme sans doute tu ne l'as jamais été. Du plus lumineux, du plus serein, du plus amoureux et du plus responsable que donnent quelques trous et quelques mots mal dits sur d'autres malentendus.

Mon amour chéri, je ferme les yeux et je te sens si proche, si présent, que j'en tremble un peu. Je ne croyais plus vivre, je ne croyais plus savoir. Et je trouve plus, et je trouve mieux. Je vais garder la richesse et éloigner le désincarné, cette capacité à décrocher du réel au-delà de ce qu'il nous doit.

Je me sens portée, à nouveau en pleine harmonie avec moi-même. Sans peur. Je t'aime. Tu es aimé de moi. Tu es rêvé de moi, et choisi, et apprécié, et attendu.

Quand je t'ai dit que je craignais l'enlisement, la sclérose, c'est d'un affadissement presque métaphysique que je redoute les effets. Je veux que notre amour brûle, c'est ça, que ce soit une flamme intérieure, qui ne détruit pas, un feu qui éclaire la route au plus profond de soi. Qui donne sens. Qui transcende la misère humaine.

S'enrouler au creux de ses rêves, leur donner corps, peu à peu, parfois obscurs, parfois resplendissants, toujours présents.

Soudain, la conscience et les questions commencent

En hommage aux peintures rupestres de la grotte Chauvet, produites il y a plus de trente millénaires.

Une chorale d'émois. Les divagateurs s'animent. Les rêveurs oublient leurs notes, les autres pas assez. Les voix sont assurées ou hésitantes, les images les dépassent.

—J'en reste muet et paralysé. Il faudrait beaucoup de mots pour dire mon éblouissement, à moins qu'il n'en faille qu'un seul, mais il doit être le plus juste possible. J'ai beau y saisir une exceptionnelle intelligence de l'émotion, apprécier l'invention et la sensibilité qui s'en dégage, comprendre la qualité et le raffinement de l'exécution, y déceler grâce et majesté, ça ne rend pas ce que ces témoins de notre genèse suscitent en moi. En leur présence, j'ai la sensation intimidante de refaire par l'esprit le long cheminement de notre devenir humain. C'est plus qu'une simple expérience esthétique, c'est une renaissance, c'est une co-naissance.

— Oui, il y a un avant et un après. L'irréversible s'y joue. La grande transition de l'humanité est là, dans sa première manifestation artistique. C'est le pont des soupirs des ancêtres vers l'avenir que nous sommes.

— C'est fabuleux ! Un bond de conscience réoriente l'espèce. L'image y est plus que de l'art, elle se vit, et ne peut se vivre qu'en s'assignant dès le départ des objectifs impossibles, comme celui de clarifier l'énigme que la lucidité, émergeant des torches, construit sans cesse.

— Ici, les « j'aime, je n'aime pas » n'ont pas cours.

— Tout y est solennel à mes yeux, ils sont plusieurs et singuliers, ils traitent d'un avènement théâtral dont ils ne peuvent pas mesurer l'importance, ils négocient la civilisation, ils se déprennent de la matière, vertige d'une nouvelle saisie des choses, ils échappent à leur précarité, ils habitent leur éveil dans la transe, ils affrontent le sens avec exaltation.

— Poésie pure, ils frottent ensemble des morceaux de réel pour tenter d'y voir clair, ils se débarbouillent le regard et pénètrent dans le mouvement de la vie.

— La question est de savoir pourquoi.

— Il leur faut d'abord inventorier le bestiaire du moment pour le promouvoir spirituellement…

— Ou s'enchanter de ce qu'ils perçoivent et mémorisent…

— Rêver et idéaliser les espèces…

— Ah ! Les chevaux surtout qui deviendront bientôt, ils le sentent, les précieux alliés du progrès…

— Apprivoiser la peur d'animaux dangereux qu'ils ont appris à respecter de loin…

— Fixer en images pour contrôler…

— Conjurer la menace, mais aussi la potentielle privation de ressources…

— Devenant ce qu'ils observent ils se créent de nouvelles forces…

— Car admirer, c'est intérioriser l'altérité.

— Pourquoi sont-ils si fascinés par leurs mains et non par leur visage ?

— Il a bien fallu que les mains s'émancipent pour qu'apparaisse l'humanité.

— Nul doute pour moi, ils façonnent du sacré, poursuivent un héritage symbolique, inventent des sources d'espérances sur appui totémique.

— Avec la conscience, vient celle du temps, dont ils griffonnent quelques mesures, au passage, à travers des vestiges de souvenirs et de planifications.

— Et avec la conscience du temps, celle de la mort. Ces images dévoilent une métaphysique, c'est sûr. Elles sont le ciel des cavernes, l'âme de sortie de ce monde, une stèle dressée à l'immortalité.

— Ils font face aux origines et à la fin.

— Non, le programme me paraît plus simple : transmettre une vision, enseigner une sagesse, partager un parcours, poser des repères.

— Remarquez combien les formes calcaires naturelles des parois ont dû inspirer ces premiers artistes et les guider sur le chemin halluciné de l'art.

— C'est renversant ce génie bien humain de prendre ses distances du familier pour s'en émouvoir et le diriger vers un destin plus élevé. Cela suppose une capacité de recul étonnante par rapport aux choses. Il n'y a pas de création sans ce sentiment d'étrangeté devant ce qu'on a trop l'habitude de voir et qu'on finit par ne plus regarder. Ces imagiers pariétaux ont dû se retirer de leur course journalière et contempler d'un œil monarchique ces animaux qu'ils côtoyaient et combattaient pour s'en défendre ou pour s'en nourrir. Soudain, ils s'en détachent pour les éterniser dans un sanctuaire d'idoles.

— Quand on doit lutter férocement chaque jour pour se protéger et survivre, l'art est un luxe inouï ! Il leur a fallu ménager une niche de liberté dans leur vie frénétique. Comment ont-ils trouvé le loisir pour se consacrer à une telle contemplation créatrice ?

— Je pense que la création leur était une nécessité vitale, c'est ce qui les a sauvés. L'art a un rôle socialement cohésif devant l'adversité.

— Imaginons qu'initialement une catastrophe climatique ait pu pousser quelques réfugiés dans ce souterrain et que, pour durer, ils aient traduit leurs impressions, inventant ainsi la beauté.

— La création est la plus noble forme de l'anxiété.

— Je verrais plutôt, comme déclencheur, un traumatisme individuel, un pionnier blessé contraint à la retraite qui cherche à laisser ses marques avec le matériel à sa disposition, comme un prisonnier sur les murs de sa cellule. Sa mémoire s'active au moment où elle va disparaître, il est dans la terrible oisiveté de la fin, la clairvoyance de l'agonie le secoue, il n'a plus rien à perdre, c'est son testament.

— Un testament qui inspirera les générations suivantes qui viendront s'y recueillir, un testament qui sera repris par d'autres, exporté ailleurs, retouché, parfait, devenant objet de culte et de rituels, vénéré comme l'empreinte d'un passé prestigieux.

— Et si c'était éducatif? Comme les tableaux d'une salle de cours? Je conçois quelque précepteur préhistorique effaçant une ancienne représentation afin de la remplacer par une nouvelle, en palimpseste, pour le bénéfice d'élèves. L'examen de passage se confirme d'un point posé par la petite paume colorée à côté de la marque des adultes.

— Je visualise bien une famille autour d'un patriarche qui apprend aux jeunes élus ce qu'ils doivent connaître à la lumière du feu.

— Le feu est assurément la clé de voûte. Sans sa maîtrise, pas d'éclairage, pas de déclic mental, pas d'art, pas d'humanité.

— Notons l'absence d'humour! Pouvaient-ils rire?

— Ils devaient assurément connaître le contentement, la joie intérieure que donne la possession artistique.

— L'essentiel reste l'épiphanie de ce qui nous fait humain et qui pourrait se résumer en un mot, peut-être enfin trouvé: dépassement…

Quelle leçon en retiendra cette branche émergente de notre ère qu'est l'*homo brutus*?

Clair de chair

Le 8 août

Longtemps le corps m'a pesé. Avec l'âge, qu'ai-je fait pour dépasser ce que je percevais comme une pénible réalité ? D'abord, un autre corps a fini par m'occuper et une force interne a modifié mon image. En vieillissant, le corps s'est régénéré et n'est plus le même. Il a lutté contre la destruction en fabriquant des pièces de remplacement, de sorte qu'il est devenu étranger à lui-même, il vit maintenant, littéralement, avec un mort. Ce faisant, cependant, la maturité a introduit un au-delà de la mort dans la vie, et voilà au moins de quoi me réconcilier un peu avec le temps. Ensuite, j'ai pris conscience que le corps est aussi instrument. Beaucoup d'artistes contemporains cherchent à faire de leur corps une œuvre d'art. Moi j'ai voulu, plus simplement, que ma vie en fût une et qu'elle soit imprégnée d'art jusque dans les fibres les plus modestes du quotidien. Utilisant le corps comme moyen et non comme fin, ce projet est devenu un centre et a donné du sens à mon existence. Il m'a permis de mieux apprécier certains aspects de la vie que j'ai eu trop tendance, plus jeune, à considérer comme du temps perdu ou d'appauvrissants divertissements pascaliens. Pour dépasser le corps, j'aurais pu essayer de me plonger dans l'exercice physique et chercher à battre des records à travers des actions héroïques. J'aurais aussi pu, en sens inverse, tenter de le nier par la voie éthérée du mysticisme et viser la sainteté. J'ai choisi une voie davantage à ma portée : un hédonisme conscient qui à la fois transcende le corps et me réconcilie avec lui. J'ai conjuré le négatif par une esthétique hédoniste qui résiste à la mort dans la vie. L'esthétisation de ma vie m'a permis d'atténuer le malaise d'être et ainsi de jouir davantage du plaisir d'exister.

Aujourd'hui, alors que je rentre d'une promenade au bord du Saint-Laurent, je songe plus particulièrement à ce bonheur simple. Quand je regarde un quart de siècle en arrière, je me rends compte que ma première solution de parade pour surmonter le corps-obstacle a consisté à renforcer mes semelles par ma tête. Ainsi ai-je découvert la joie corporelle de la marche, que ce soit celle de la promenade avec un circuit programmé — toujours le même — ou celle de la déambulation urbaine sans but avec ses variantes, la flânerie et le lèche-vitrines, ou celle de l'errance dans un parc ou de l'excursion en forêt. J'ai exclu jusqu'ici le pèlerinage et l'expédition, car je n'ai pas le sens de l'ascèse ni celui du marathon pour me déplacer à pied sur de très grandes distances comme d'une ville à l'autre ainsi que les anciens.

Nietzsche dans *Le gai savoir*: «Je n'écris pas qu'avec ma main; mon pied veut toujours être de la partie.» Il a demandé aux philosophes d'écouter la sagesse du corps. Voilà une pensée qui m'a aidé assez tôt à me réconcilier avec ma chair.

La marche, quel défi à la modernité dans un univers voué à la voiture et à l'avion! C'est une expérience du corps dans sa totalité où tous les sens sont mobilisés et subsumés par l'intellect. En état de mouvante verticalité, je suis corps et esprit réunis, «phalle» et céphale sans distinction.

Depuis longtemps, marcher est devenu pour moi une activité esthétique et pensante autant qu'une pratique du paysage. Selon les saisons, soit j'autopsie le grand corps de la réalité, soit je m'ouvre à la vitalité des choses. Dans chaque cas, je lis un rythme d'existence. En marchant, je forge le feu foreur de la conscience au fur et à mesure de l'itinéraire et je remplis d'air et d'art le moindre objet aperçu ainsi que l'être le plus humble que je croise. Le monde devient léger. Béer serait peut-être un meilleur verbe pour décrire cette activité.

Béer revient à faire un détour d'existence soumis au plaisir du chemin, abandonné à son baromètre, coulé dans la paresse du jour, livré à la saisie du moment ; c'est sentir son cœur battre à un rythme différent, vivre dans une autre tonalité d'être, saisir ses os et ses muscles comme faisant partie de l'humus du monde. En promenade, j'apprivoise aussi le temps, j'oublie la montre et j'apprends à m'arrêter pour éprouver la jouissance du lieu et de l'instant, la plénitude du hic et nunc, avec la paix intérieure qui l'accompagne. Mon corps est alors une bulle de bonheur.

Si modeste, si peu héroïque qu'elle soit, cette activité physique s'est métamorphosée pour moi en un art de la voyance autant que du regard. Le monde y est à l'échelle humaine et le marcheur a le temps de développer la mémoire de l'espace en se frottant au derme de la réalité.

L'été ou l'automne, en forêt, c'est un baptême de terre à chaque pas, mais aussi la joie de boire l'eau du ruisseau, de goûter aux fruits sauvages, de se reposer à l'ombre, d'apprécier les touches impressionnistes de la lumière à travers le feuillage, de respirer l'odeur des sapins ou des épinettes, d'écouter le vent dans les couleurs chatoyantes des arbres, d'arpenter les sinuosités du sentier pour en tirer quelque cadastre du désir. Et l'eau ? Ah l'eau ! élément propre à réfléchir autant qu'à engloutir. Je vis mal loin de l'eau, j'ai besoin de l'avoir en vue, à distance, j'ai besoin de la lumière qu'elle capte, des événements animaliers et humains qu'elle attire ou contient. Mes yeux et mon être tout entier ont besoin de leur ration aquatique chaque jour.

L'hiver, marcher c'est s'arrondir dans le froid, le buste emmitouflé, le nez dans l'écharpe, pour suivre les traces d'une famille de lièvres dans la neige, faire crouler l'épais coton givré amassé sur les branches des sapins. J'ai passé mon adolescence à effectuer, avec un ami, des balades à ski dans les bois et j'avais alors cultivé une certaine familiarité avec le monde sauvage. J'aime les paysages hantés de froid et de blanc. Là aussi se promener, c'est, plus que jamais, s'arrêter et palper la paix sonore. Puis glisser doucement sur une pente et, en bout de piste, ricaner sur le monde réduit à rien, le pied ivre d'oxygène sur un bloc de glace. Le gel, voilà un de ses grands mérites, met un terme au grumeleux cloaque matériel de la trop grande chaleur.

En ville, marcher c'est encore avoir les poches remplies de poèmes en vadrouillant dans les rues labyrinthiques, s'émerveiller du linge suspendu à une corde qui se balance dans la brise, traverser des courants de parfums près des marchands de délices, happer des ambiances de bars ou de cafés et retrouver un centre autour d'une bière, plonger dans un bain sonore, devenir l'éphémère voyeur ou le tribunal de quelques scènes d'amoureux. J'apprends et j'écris à cette saine école. Situation observée, en un fragment de sociologie urbaine actuelle : deux jeunes tout en déambulant et se tenant par la taille parlent à quelqu'un d'autre chacun de son côté dans son portable. Marche à quatre pour ainsi dire, sans le plaisir de la concentration sur l'acte même. Nous sommes à mille lieux de la promenade solitaire inactuelle ou du riche silence à deux ponctué de remarques.

Marcher dérouille le corps et le déverrouille aussi. Combien d'écrivains écrivent en marchant. Je songe au précédent célèbre de Rousseau dans *Les rêveries du promeneur solitaire.*

J'aurais aimé avoir systématiquement tenu un journal de mes marches, des promenades de plage au milieu des coquillages aux excursions alpestres plus événementielles, des élans du matin jusqu'à l'approche du soir et m'être ainsi fait plus esthète de ma démarche. Valéry écrit dans ses *Cahiers*: « Quel livre il y aurait à faire sous ce titre : Journal de mon corps ! Tous les détails, les fluctuations d'un corps humain. Quel roman ! »

Dans les mystères d'Éleusis, on montrait aux initiés, comme grand et admirable, le plus parfait objet de contemplation, un épi de blé moissonné en silence. Pour moi, c'est plutôt le corps tel qu'il s'offre dans la marche ou dans quelque transport euphorique comme l'ivresse légère, l'amour mutuel ou l'activité créatrice. À l'origine, un petit tas de viande, un pur amas de matière et de singerie. À la fin de l'opération, brassée par le coup de sang de la promenade, du vin, du plaisir ou de l'inspiration, une frêle merveille avec laquelle on a eu raison de savoir composer.

Le 11 août

J'ai aujourd'hui relu d'autres pages passées de mon journal, pages qui remontent aux trois dernières années quand j'ai connu de sérieux ennuis de santé qui m'ont conduit à l'hôpital pour subir des tests inquiétants suivis d'une opération. Cet épisode dramatique a contribué à radicaliser ma vision hédoniste du corps et de la vie. Alité, j'ai été frappé par la familiarité des infirmiers et des infirmières entre eux, étonné par le degré d'abstraction que les patients atteignent à leurs yeux. J'ai vu un homme en blanc taper sur les fesses de sa collègue devant moi, entendu d'autres parler sans censure de leurs affaires de cœur. C'était sympathique sauf que je n'existais pas à leurs yeux. Je n'étais pas une personne, je n'étais qu'un corps-objet sans conscience.

Pour contourner le problème de la réification, la philosophie du XXe siècle a inventé l'incorporation : *j'ai un corps* devient *je suis un corps* et ce corps est mon point de vue sur le monde autant qu'un objet de ce monde. La division corps/esprit est révisée. Ce qui est capital dans l'univers de la pensée n'existe pas à l'hôpital où l'on dissocie le biologique du sujet. La médecine serait à revoir en profondeur.

D'autres divisions auraient besoin d'être réexaminées. Le haut et le bas, le dedans et le dehors, l'avant et l'arrière, la droite et la gauche, la chair et l'âme. Nous vivons dans une civilisation du visage qui continue, dans la vieille tradition métaphysique, de mépriser le bas et le revers du corps. On ne vit pas qu'à mi-hauteur à partir de l'estomac et que de face. Je suis grand amateur de mains, d'épaules et de visages, mais ne voir qu'eux, c'est se couper de la moitié de l'humanité. En réalité, les biographies devraient être écrites ou réécrites à partir d'en bas vers le haut: des pieds, des jambes, du sexe, des hanches, des omoplates pour montrer que le corps trouve sa vérité dans le tout. J'aime les nuques, les reins, les jarrets.

La littérature du XXe siècle a d'ailleurs commencé à s'intéresser davantage à cette moitié occultée. On interprète la surface du corps autant que son intérieur: la peau, la silhouette, le squelette, la nudité, le mouvement et l'odeur. Le souvenir me revient de l'homme invisible de Wells dont seuls les aliments qu'il avalait restaient visibles. La littérature érotique, qu'on a longtemps méprisée, est peut-être encore plus audacieuse, et même en avance dans ses meilleures réussites, puisqu'elle s'intéresse tout particulièrement aux passages du dedans au dehors, aux effets d'extériorité que le plaisir entraîne, mais aussi à l'abolition de la honte que la civilisation a créée autour de nombreuses fonctions corporelles, la sexualité, la jouissance, le sommeil, l'hygiène, la digestion, domaine intime réduit au silence. Notre modernité rompt peu à peu le silence du corps. Encore faut-il le faire avec élégance.

Le passage du visage et des empreintes digitales à l'ADN comme technique policière d'identification a contribué d'une manière inattendue à unifier le corps. Pour ancrer l'identité, on valorise ainsi son être constitutif le plus profond. Il semble cependant qu'on en revienne au visage dans les nouvelles approches. Une des façons actuelles de redéfinir les rapports du dedans avec le dehors est la vogue de la chirurgie esthétique par laquelle on agit sur son apparence pour acquérir une nouvelle personnalité. J'opte pour un corps, je ne l'ai plus à vie, ou plutôt je ne suis pas condamné à être le même corps pour toujours. On devient alors littéralement le sculpteur de soi. Je ne me sens pas de fascination particulière pour cette voie, que je crois illusoire et artificielle, sans compter que je refuse de trottiner fiévreusement derrière les modes. Un pas de plus et on en arrive à l'extrême du pur artifice. L'artiste Orlan se fait refaire le visage selon des images numérisées de tableaux célèbres : le front de Mona Lisa, le menton de la Vénus de Botticelli, etc. Réalisation par le virtuel d'un corps rapiécé qui me rappelle la pratique de la greffe chez les sculpteurs classiques comme Rodin : une même main peut servir à plusieurs corps dans diverses sculptures. On réutilise une perfection atteinte. Est-ce qu'un écrivain pourrait faire la même chose de certaines de ses pages réussies ? Vu une exposition de Bourdelle. Ses sculptures *Apollon* et *Héraklès archer* me frappent non pas tellement en ce qu'il laisse paraître les coutures du moulage sur le visage, mais en ce qu'il exacerbe une séparation corporelle gauche-droite dont la partie sénestre est marquée par l'inachevé alors que l'autre est davantage finie, signifiant ainsi la dualité profonde des êtres et le travail du temps. Au début du XXe siècle on aimait ainsi diviser le corps, alors qu'aujourd'hui on sent le besoin de le réunifier dans des images de connivence et d'apaisement. Fin de l'ère du clivage, n'en déplaire aux théoriciens.

Le 16 août

Je rêve d'un hédonisme philosophique qui serait illuminé par la conscience et le souci d'élévation spirituelle, d'une spiritualité non ascétique et sans Dieu fondée sur un nouveau *carpe diem* enrichi qui se substituerait à la conscience malheureuse du corps. Pendant deux mille ans, l'ancien corps était lié à l'invention chrétienne de la chair opposée à l'âme. La chair a fait du corps un ennemi intime dont il fallait œuvrer à se débarrasser. Je pense, notamment, à la conception paulinienne d'un esprit qui vivifie et d'une chair inutile. Une façon de dépasser le corps-obstacle est de balayer une telle vision. Il n'y a pas de philosophe, pas d'écrivain, pas d'artiste, sans corps, sans chair, sans matière.

Le « Journal de mon corps » devrait circonscrire les règles d'un mieux-vivre adapté à la réalité actuelle. Du bon usage de soi, des autres et du monde sous un ciel vide : tout un programme en quête d'occasions de bien-être et de volupté dans le respect d'autrui. Sentir et penser (ah ! le bonheur de lire beaucoup de livres et d'étudier le monde !) y seraient l'essentiel avec aimer.

La première règle serait sans doute d'investir de beauté chaque moment de la vie quotidienne avant de la restituer en écriture, à moins de considérer l'art d'écrire comme constituant déjà un effort de dépassement qui ajoute de la beauté, et donc du sens, à la vie. À cette fin, ne pas faire du corps et de l'esprit deux domaines séparés. Aujourd'hui, au bout d'une promenade, une simple coupe de cheveux s'est transformée en occasion de joie profonde où je me suis laissé aller à un engourdissement régressif de tout l'être entouré du cliquetis industrieux des ciseaux, du bourdonnement de la tondeuse, du silence des cheveux qui tombent, blotti contre le corps chaud de la coiffeuse sous une cape protectrice. Je cherche même les salons où je peux prolonger ce plaisir, là où on enrobe encore le cou et les joues de mousse savonneuse pour délicatement finir la nuque et les favoris au rasoir, car c'est, hélas, une pratique qui se perd. La maladie aura au moins eu un effet positif : elle aura accentué ma sensibilité et mon émerveillement pour le corps. Elle aura stimulé toutes les pulsions de vie en moi.

Repères bibliographiques

Quelques textes qui composent ce recueil ont paru sous une forme différente dans les revues: *XYZ. La revue de la nouvelle, Le Sabord, Affaires universitaires, Lettres québécoises* et *La Revue des Deux Mondes.*

« Mémoire du trou : confession » a connu une première version dans l'anthologie dirigée par Éric Blackburn, *Aquin : la mise en quarantaine,* Montréal, Le Temps volé éditeur, 2002.

« À voix basse » a remporté au Québec le Prix Odyssée 2002 du meilleur texte de fiction publié en périodique.

Toute ressemblance avec des personnes réelles serait le fruit du hasard.

Table

MIXTE
Papier issu de sources responsables
FSC® C100212

GARANT DES FORÊTS INTACTES

Cet ouvrage composé en New Baskerville
a été achevé d'imprimer en mars deux mille quatorze
sur les presses de

imprimerie gauvin

Gatineau (Québec), Canada.